O MERGULHADOR

Luis Do Santos

O MERGULHADOR

Tradução: Flávio Ilha

© 2017, Luis Do Santos
© 2017, primeira edição Editorial Fin de Siglo

Título original
El zambullidor

Foto da capa
Tânia Meinerz

Ilustração
Carla Barth

Revisão
Press Revisão

Grafia atualizada segundo o Acordo Ortográfico da Língua Portuguesa de 1990, que entrou em vigor em 2009

Dados Internacionais de Catalogação (CIP/ISBD)
—
S237m Santos, Luis Do
O mergulhador/Luis Do Santos: traduzido por Flávio Ilha
Porto Alegre, RS : Diadorim Editora, 2020
88 p. 11,5cm x 20cm
Tradução de El zambullidor
ISBN 978 65 990234 0 8
1. Literatura uruguaia 2. Ficção I. Ilha, Flávio. III. Título
CDD 868.9939
CDU 929
—

Índice para catálogo sistemático
1. Literatura uruguaia 868.9939
2. Literatura uruguaia 821.134.2 (899)

www.diadorimeditora.com.br

*La vida istá cosida con
pequeños momento y uno
intenta encontrar dónde istá
la punta del hilo que descosió
el resto.*

Fabián Severo, *Viralata*

Em memória de Mario Pérez Vilche, o amigo

O MERGULHADOR

O rio seguia turvo como nos dias de enchente, encrespado pelo vento norte e já com poucos aguapés que desciam tremulantes, mas vestindo, ainda, aquele seu irresistível marrom de luto. Ao choque da água com a barranca, os torrões caíam devagar, como pequenos lamentos. Desde meu alto esconderijo no mato, pude apreciar o voo errático das duas chalanas, os homens que afundavam no rio e apareciam ao cabo de alguns minutos, ofegando, derrotados todos, o rosto desfigurado pela tristeza e pelo frio. Jogavam ganchos amarrados a uma taquara, anzóis grandes, redes de pesca resistentes para ver se o fundo lhes devolvia alguma esperança, mas era tudo barro, desespero e medo. Alguém acendeu velas e entoou uma reza desoladora, enquanto eu seguia trepado a um dos galhos do arvoredo onde fui parar desde que o Comissário Silvestre desalojara a gurizada aos gritos.

Não havia passado mais do que meia hora quando o vi, descendo pelo caminho das barrancas. Era meu pai e seu inconfundível passo de garça desconjuntada, sua forma particular de enfiar as mãos nos bolsos, onde escondia também toda carícia, o rosto rachado do sol, sem o menor gesto que entregasse sua alma. Minha primeira reação foi escapar antes que me descobrisse, mas no mesmo instante entendi que qualquer movimento me denunciaria. Fiquei petrificado entre os galhos, oculto nas folhas como um pássaro a mais. Os homens saíram da água, as mulheres se apertaram buscando explicações incertas e acenderam mais velas. Então meu pai chegou até à margem do rio, sem dizer uma palavra, tirou do bolso da calça aquele jasmim branco do nosso jardim e, depois de murmurar uma oração entrecortada, o atirou na água antes de fazer o sinal da cruz.

O rio, a essa hora, era um potro furioso corcoveando contra o barranco. A flor baixou alguns metros, arrastada pela correnteza. Logo começou a girar em direções distintas até deter-se, a cerca de três metros da margem. Ficou parada ali mesmo, resistindo, enquanto as rajadas do vento norte a empurravam. Meu pai então tirou as alpargatas e a camisa de trabalho e mergulhou com destreza até o ponto marcado pela flor. Desde minha sentinela de folhas eu não podia escapar daquela cena assombrosa. Duas senhoras caíram de joelhos no barro. Os homens molhados observavam, absortos. Já não me recordo quanto tempo se passou, mas ainda trago na pele a horrível sensação de ver meu pai emergir da água com o corpo mole do afogado. Tinha os lábios roxos, a pele mortiça descascada pelo sol, os olhos abertos em direção ao nada.

Não pude evitar os engulhos, que quase me delataram. Foi quando aproveitei o desconcerto que tomou conta de todos naquele momento, busquei nossa trilha de molecagens e corri com toda a força que podiam ter as pernas magras dos meus nove anos. Quando cheguei em casa, senti o coração saindo pela boca, me faltava ar nos pulmões e o medo havia se apoderado do meu corpo. Fui até a torneira do quintal e deixei que a água fria espantasse aquelas lembranças. Depois subi no cinamomo e só desci quando todos já esperavam, ansiosos, o momento da janta. À hora de sempre, com o sol convertido em uma tímida luz distante, chegou meu pai, cansado e sem fome, apenas com a notícia de que Setembrino Cuevas havia se afogado.

Nessa noite não pude fugir dos meus sonhos, terminei preso por um sentimento palpável, tremendo na cama de minha irmã mais velha, que não se apercebeu de nada até o outro dia. Aquela cena marcou a ferro e fogo minha infância. Ninguém chegou a se dar conta da mudança, mas naquela tarde comecei a ser outro para sempre. Meu pai foi o centro dos pensamentos. Passava horas reconstruindo imagens sem sentido, retraído e solitário, querendo entender algo que não podia explicar. Muitas vezes, tentei perguntar a ele sobre esse dom incrível de encontrar afogados, mas um muro se levantava entre nós e o deixava impenetrável e distante. Em outras ocasiões, tive vontade de perguntar à minha mãe, mas rejeitei a ideia de imediato porque a pobre andava ocupada demais com a vida de tantos filhos para parar e escutar um deles.

Era alta e magra, o nariz perfeitamente desenhado entre as bochechas, o cabelo sempre preso e os olhos limpos, delatores de uma beleza rara que não havia sido ofuscada nem pela erosão do sacrifício diário e nem pela solidão. Essa fragilidade da dureza, esse encanto do silêncio poucas vezes quebrado, a fazia especial. Desde que nascia o sol até bem entrada a noite, não parava de fazer coisas. Toda a casa parecia repousar sobre suas costas. Ia daqui para lá ajeitando isto, desfazendo aquilo, como uma formiga silenciosa que nunca erra o caminho. Por se dedicar a cuidar de um monte de irmãos pequenos, não tinha terminado a escola, embora cultivasse essa sabedoria inata que extraem da simplicidade as pessoas extraordinárias. Não tinha tempo para falar, mas todos sabíamos que estava ali, ainda que não tivesse aprendido muita coisa sobre ternuras e lhe custassem tanto os gestos de carinho.

Meu pai trabalhava na empresa de irrigação,

como quase todos na vila. Sempre foi ressecado e sombrio, de poucos amigos, parecido com a terra. Durante o inverno, quando o trabalho escasseava, estendia seus tentáculos de polvo operário pegando extras aqui e ali, para sustentar a prole numerosa de quatro filhos e aquela espécie de zoológico doméstico, onde conviviam papagaios, cachorros, gatos, galinhas e passarinhos de gaiola. No verão, quase não o víamos. Sobretudo nos dias antes de começar a rega, quando se punham em marcha os motores que tragavam a água do rio. Seu estranho ofício era instalar esses poderosos canos no ponto mais fundo para melhorar, assim, o rendimento das bombas. Sobre meu pai e seu trabalho se contavam histórias incríveis.

Diziam que podia prender a respiração por mais de cinco minutos e que chegava a profundidades que ninguém tolerava. Eu nunca pude vê-lo em ação, mas imaginava seu rosto brotando do rio após um largo instante, como um peixe destemido, desafiando a incerteza de todos, mas sem perder a expressão vazia de sempre.

Essas façanhas o transformaram no meu grande herói, uma imagem apenas manchada pela lembrança viva do afogado. Brinquei de imitá-lo inúmeras vezes sem que ninguém o soubesse. Fugia até o rio para provar minha resistência embaixo d'água, agarrado a alguma raiz submersa de sarandi para suportar a pressão, até que os ouvidos pareciam rebentar e o mundo começava a dar voltas. Tenho certeza que ele nunca chegou a compreender o que significou para mim essa época de solidão. Passava por nossa casa sempre no limite entre a indiferença e o cansaço, como uma sombra a mais entre as sombras. Mas não importava. Bastava para mim o orgulho de escutar os relatos de meus amigos assombrados, que contavam como meu pai havia instalado o cano no terceiro levante a uma profundidade de nove metros depois de ficar embaixo da água por seis minutos, contados no relógio.

Meu peito se enchia de emoção apenas por imaginá-lo lá no fundo, os olhos abertos na traiçoeira escuridão do rio, muito perto dos dourados e dos bagres, apertando parafusos renitentes com suas mãos de gigante.

Depois vieram os pesadelos. Costumava acordar no meio da noite, empapado de suor frio, o coração batendo sem controle e a respiração ofegante dos que vivem fugindo.

No silêncio imenso da casa, todos dormiam. Apenas o cachorro grande se achegava para lamber a minha cara, e terminávamos a noite, os dois, feito uma bola de pelos e cobertas. Os sonhos então ficaram tão reais que eu costumava acordar com os braços cansados de lutar ou os pés feridos de tanto correr.

Nunca pude esquecer essa manhã. Há lembranças que são como um duro veneno, penetram pelas veias para nos infectar, sem antídoto ou data de vencimento. Até hoje trago na pele aquele agosto sem vento, de frio implacável. Estou nadando no sonho, naquela hora incerta antes de despertar, quando é demasiado custoso abrir os olhos e saltar da cama. É domingo, não há escola e as pálpebras me pesam como em todos os invernos.

Lá fora o sol atravessa os ramos do cinamomo e se esgueira pela janela até tocar a cômoda. Não quero quebrar a magia desse instante pois nem sempre a felicidade se apodera do meu corpo, como hoje, até invadi-lo todo. Sinto a paz verdadeira, parecida com a chuva que acaricia o rio, um sussurro de aguaceiro sobre o telhado de zinco, um leve murmúrio de torneira aberta. Me deixo então levar como um preso que não percebe suas correntes, solto de rédeas e espinhos, entregue a essa ilusão única de sentir quando a alma lhe foge por entre as pernas.

As mãos de minha mãe são duras quando não acariciam. Têm os calos da vida, a raiva cravada nas unhas e a dureza das urtigas.

– Repugnante, és repugnante – repete fora de si, áspera e desfigurada, enquanto esfrega na minha cara o lençol ensopado de urina. É um líquido quente e amargo, mais amargo que o sabor das minhas lágrimas.

Nesse dia tive outra lição. Terminei pelado em um canto do banheiro, os braços me tapando a cara de vergonha, enquanto resistia em silêncio aos baldes de água gelada que minha mãe me jogava para que, definitivamente, eu aprendesse a não mijar mais na cama.

Um dia, descobri como fugir desses momentos de tormenta. Pensava nos bagres da manhã, em lambaris fritos, em balas de açúcar ou em armadilhas para rãs. E então já não existia mais ninguém que pudesse encontrar minha alma.

Por esses dias, quando a fissura ficou mais profunda e a primavera nos enchia a todos de uma cor diferente, fui me afastando de casa até virar uma sombra que cumpria ordens, dava de comer às galinhas, ia à escola, trazia água para os passarinhos e caminhava entre as pedras sem deixar nenhum rastro. Camaleão desfeito das cicatrizes, nunca pude encontrar uma caverna onde entocar meus medos. Me refugiei tão longe, mesmo estando tão perto, que os jasmins, as violetas, a cozinha grande e os quartos pouco a pouco deixaram de pertencer à minha existência.

Quando a gente se sente de ninguém, a tristeza se enfia pelos ossos até te quebrar a alma. O mato, com aquele céu sobre as árvores, grosseiramente azul e sem janelas, se converteu então no novo mundo, o lar sem regras, a felicidade deserta. Fugia em qualquer oportunidade, às vezes sozinho, ou então com o acolhedor Emilio, meu grande companheiro de viagem, um gringuinho magro, audaz e extrovertido, que tinha a pele tatuada de travessuras, os olhos vivazes e um montão de sardas que mudavam de cor com o sol, como um anjinho de quintal. Pelas manhãs, até antes do meio-dia e depois da escola, nossos caminhos desembocavam no rio. Um par de anzóis velhos, dois bodoques remendados, uma mochila que a enchente trouxe, sempre algum fósforo roubado e uma corda eram os bens da inocência, nosso poderoso farnel, nossas armas secretas. O almanaque nos ensinou as luas da pesca. Aprendemos a soletrar as mensagens que só o vento sabe escrever sobre o dorso do rio e fomos felizes apenas por ter subido em uma árvore ou por ter abatido uma rolinha em pleno voo. Comíamos preás sem couro, bagres tostados, lambaris, traíras e tudo o que nos oferecia aquela nossa selva fantástica. Tínhamos nove anos e éramos, os dois, guris cheios de coragem, donos de uma desenfreada inconsciência, mas, de algum modo estranho, a alegria às vezes fugia de nós. Nunca dissemos, porque estava tacitamente proibido deixar-se levar por qualquer fraqueza, mas estou seguro que nos doíam as mesmas feridas. Como sobreviventes da solidão, tínhamos pavor de que nossas almas pudessem ir atrás de um afeto qualquer e andávamos, por isso, sempre vestidos de armadura, como dois pobres soldadinhos destinados a lutar em batalhas impossíveis.

Falávamos de sanguessugas, minhocas, sapos, rãs venenosas, iscas de lagarta, do gordo Marcelo, da insólita Calita ou do louco Fabián, mas no final sempre caíamos na armadilha do mesmo tema: a ideia de toparmos com o tesouro que enterrara alguma vez, naqueles matos, Tibúrcio de Albuquerque, o contrabandista mais caçado de todos os tempos. Desde a tarde em que a professora nos contou a história, começamos a buscar pistas nas pedras, lugares marcados na casca das árvores, mensagens secretas na espuma da praia, mas a verdade sempre acabava escapando.

Uma manhã, chegando ao nosso habitual acampamento, o rio nos mostrou ao longe, como um velho amigo, a pequena ilhota que havia sido descoberta pela vazante. Entre ela e nós se interpunha uma língua de água de uns vinte ou trinta metros. Depois de medir bem a distância, concluímos que era impossível chegar a nado até lá e que, por isso, devíamos buscar alguma embarcação para nos levar à ilha.

Recordo a ansiedade que nos causou o feito irrefutável de haver dado fim ao esconderijo tão procurado e o desconcerto de não saber como chegar lá. Emilio teve a ideia de pedir a Fernández, o pescador, que nos emprestasse *La Nochera*, aquela sua chalana de dar inveja e que navegava insolente sobre as águas com a pança cheia de espinhéis e de redes.

O velho só faltou nos encher de coices, tornando real seu lendário mau humor de pinguço briguento. Em todo caso, chegou o meio-dia e a hora de comer antes de rumar para a escola. Voltamos para casa sem dizer nada a ninguém, com a cara luminosa dos escolhidos, carregando nosso grande segredo nos bolsos.

Nessa tarde, no recreio, o plano ficou acertado: se o velho não queria emprestar, teríamos que lhe roubar a chalana. De qualquer forma, com os tesouros que a ilhota esconderia, podíamos repor a Fernández uma frota inteira de pesca que ainda nos sobraria dinheiro. O pescador vivia sozinho, num rancho de pau a pique que construíra com as próprias mãos, cercado de árvores sem sombras e perigosamente inclinado sobre o rio. A essa hora dormia a borracheira da sesta e, com certeza, não acordaria. Só precisávamos resolver um problema: Tango. Tigrado furioso, de paletas largas e cabeça enorme, que tinha a fama de ter matado três cachorros em uma única peleia, não deixava ninguém se aproximar do rancho. No matadouro, conseguimos restos de miúdos e, com aquele bofe pingando sangue, fomos em busca de nossa presa.

Entramos pelos fundos, devagar entre pedaços de redes e anzóis, quase na ponta dos pés. A fera farejou os intrusos, esticou as orelhas, rosnou mostrando os caninos.

Um pouco afogado de terror, chamei-o pelo nome e joguei as vísceras para bem longe. Tango caiu na armadilha: depois de um latido feroz, correu desesperado em direção à comida.

Enquanto isso, Emilio, o intrépido, empurrou a chalana com toda a força, que deslizou mansa até o rio. Rapidamente estávamos sobre ela, capitães em silêncio, navegando águas abaixo, ao impulso do vento sul que já esfriava a tarde.

Poucas vezes estive tão feliz em minha vida. Olhei para meu companheiro com ar de conquistador, os olhos altivos, o peito cheio de coragem. Ele me devolveu seu sorriso cúmplice, de timoneiro travesso, o mesmo que descobri depois, o dia da segunda morte do avô. A chalana se foi à deriva, rio abaixo, impulsionada pela ventania de nossa alegria insólita. Mas quando procuramos remos para dar-lhe rumo, não encontramos nada. O velho malandro nos havia pregado uma peça.

Por um momento me senti tomado pela incerteza da deriva. Suspirei, perdido. Mas ao meu lado estava o grande Emilio, capaz de se safar de incríveis ocorrências. Ele arrancou uma das tábuas que serviam de banco e usou-a como remo improvisado, fazendo uma pá para dirigir a chalana até o seu destino como um timoneiro de águas difíceis. Depois de acertar os remos, o capitão virou o timão para mudar a direção e, em poucos minutos, eram nossos os segredos da ilhota.

O sol, àquela hora, começou a sua sangria do outro lado do mato.

O que desde a margem pareciam árvores ou galhos eram, na verdade, apenas pedras escorregadias de limo, resistindo ao açoite do rio. Rastreamos furiosamente a ilha, como que fuçando em nossa própria alma, mas não havia nada mais que pedras, caracóis lustrosos e escamas de peixes podres. O desgosto é mais dolorido quando a vida não custa nada e vem embrulhada em papel de bala. Voltamos à chalana mascando o sabor salgado da derrota. Ao soprar do vento, agora um pouco mais nervoso, o rio sacudiu sua cabeleira. *La Nochera* balançou de um lado para outro, resistindo à reviravolta, só que o solavanco carregou o remo improvisado e nos deixou de novo à deriva.

A corrente jogou-nos outra vez águas abaixo. Nos agarramos com força nas bordas da embarcação e tudo, a partir daí, começou a ser de repente desconhecido, a costa cada vez mais distante, essas águas que nos espreitavam silenciosas, o céu agora ameaçador e sem estrelas.

Em meio à loucura, dominei meu pavor e joguei âncora na esperança de que alguém pudesse nos resgatar. A chalana estancou na metade do rio. Então compreendi que a noite já havia nos envolvido, com seus pássaros de sombra.

Sempre será real. O rio golpeia as tábuas da

chalana, uma vez e outra vez, como um cão desesperado querendo entrar. Nos abraçamos com força. O vento raspa a garganta e seca as lágrimas. A camisa empapada de Emilio é um lenço que suaviza a tragédia. Não dizemos palavra. Não podemos. A lua se sacode sem pressa no espelho encrespado da água e parece esperar em silêncio, sabedora que é de finais e de destinos. Fecho os olhos, pressinto o tremor nos dentes do meu amigo, os joelhos que se chocam, o soluço apertado. Abraço-o ainda mais forte para fazê-lo saber que estou aqui. Penso em meu pai e em suas façanhas de mergulhador. Quisera tê-lo por perto para pular sobre seus ombros e ser conduzido para bem longe. Estou disposto a perdoar-lhe as ausências e as dívidas, as carícias ínfimas, os mal-entendidos.

Então o vejo chegar na beira do rio com sua camisa suja de graxa. "Já chegou, gringo, já chegou", repito, louco de alegria. Aproxima-se lentamente, atira na água o branco jasmim de minha casa e mergulha para tirar-me em seus braços, com os mesmos olhos mortos do afogado.

Os gritos que vinham da costa e a luz que bateu na minha cara me arrancaram do pesadelo. Haviam nos encontrado.

O AVÔ

Nossos salvadores me deixaram em casa e, mal cruzei a porta, soube que o castigo viria. Quis suportá-lo sem chorar, porque no fundo estava consciente do nosso desatino, mas, ainda que sempre tivesse sido duro para aguentar a dor, aquele rebenque de duas pontas fazia sangrar as pernas e as costas a cada chicotada. Lembro apenas dos primeiros golpes, do gritedo dos meus irmãos, da reza de dona Clelia e do silêncio da minha mãe concordando com a tunda de um lugar afastado. Quase nada mais. Meu pai deixou de bater quando caí desmaiado sobre as violetas.

A partir daquele dia tive permissão apenas para ir à escola ou então cumprir alguma tarefa que ninguém mais queria. Me desterraram para o galpão dos fundos, onde não me invadiram os maus pensamentos, obrigado a dormir num catre barulhento, espremido entre ferramentas velhas e teias de aranha.

A primeira noite naquela reclusão foi terrível. O vento rondando na janela avariada, a cantilena das rãs no pasto, a lua em farrapos e um cachorro que uivava. Todos combinados para me atacar embaixo das cobertas. Fechei os olhos, apavorado, enquanto as sombras desciam do teto até me molharem a cara com a ponta de seus lençóis. Cheguei à madrugada desperto, abraçando meus joelhos contra o peito, a bexiga inchada pela vontade de mijar, esperando entre lágrimas o retorno do amanhecer. Quando a manhã chegou, me encontrou diferente. Em minha alma apareceram as primeiras marcas, essas que sempre deixam vestígios e sangram muito mais que a mordida piedosa do rebenque.

Os dias, depois, iam e vinham enferrujados pelo tédio, sem surpresas nem sustos, até a manhã em que me apareceu o vô.

Seriam perto das onze. Eu desenhava uma trilha difícil entre montanhas marrons, usando a cama desarrumada para apoiar o caderno das aulas. Quando levantei os olhos um pouco mais adiante do lápis, o vi. Estava com as pernas cruzadas sobre um resto de cadeira desengonçada, as costas apoiadas no armário, olhando-me com os olhos oblíquos. Tinha a barba rala, grossos óculos de tartaruga, camisa celeste recém-passada, a calça tapando-lhe os sapatos e um chapéu panamá branco, impressionante, que lhe dava ares de um insólito camarada. O sorriso torto, quase teatral, falando comigo daquele resto de cadeira, não teria me impressionado se meu avô não estivesse morto havia muitos anos.

Não me lembrava de tê-lo conhecido. Eu era muito pequeno quando o levaram. Foi isso que disse minha mãe no dia em que perguntei por ele, ao encontrá-lo em uma fotografia amarelada dos anos de sua mocidade, em que aparecia fantasiado de *mariachi*, com um chapelão gigante e um violão vistoso. Disse isso e nada mais. Depois, seguiu invisível em suas tarefas domésticas e eu fiquei matutando a vontade de saber para onde o haviam levado.

Ao vê-lo assim, de improviso, o primeiro que pensei foi estar diante de um fantasma. Depois me dei conta de que o homem estava mesmo ali, o sol lhe caía sobre as sobrancelhas e destacava seu sorriso verdadeiro, as moscas lhe perturbavam demais para estar morto como deveria estar.

Fechei os olhos para fugir daquela visão perturbadora, mas quando abri o vô seguia ali, em um incômodo silêncio, com a expressão serena e, às vezes, irônica das pessoas impressionantes. Tirou o chapéu, secou o suor da testa com a mão direita e a calva apareceu brilhante pela claridade. O homem percebeu de imediato a minha surpresa e, cheio de palavras suaves, tratou de me acalmar com sua voz arenosa, a voz mais doce que já havia escutado em minha vida.

Estávamos em plena conversa quando meu irmão Marcos entrou para me pedir a funda emprestada. Entreguei-a sem recomendações, para que fosse embora o mais rápido possível. Nada lhe chamou a atenção no quartinho. A imagem do avô se esfumaçou na penumbra, sem sobressaltos. Então soube que o incrível dom de conversar com os mortos me havia sido revelado, e não pude evitar de sentir na pele a marca dos eleitos.

Depois daquela manhã as aparições do vô cessaram. Tentei muitas coisas para ver se voltava. Pintei novamente o desenho no mesmo lugar incômodo num canto da cama desarrumada, tratei de lembrar as lições do padre Pancho sobre a vida e a morte e até acendi uma vela rebuscada que encontrei por casualidade em uma caixa da cozinha, mas o infinito dos esquecidos o havia tragado.

Uma tarde, a minha irmã Siomara me revelou, em segredo de confissão, que minha mãe havia convencido o rei a suspender o castigo. No inverno daquele ano, tricotou um blusão azul com gola marrom, que usei ainda nos dias mais amenos porque me fazia sentir o verdadeiro calorzinho dos seus braços.

Os meses se passaram, depois, marcados por essa sensação de fastio que desprende da maioria dos invernos quando não são extraordinários. No final da primavera, em uma das tardes enormes que pressentem a chegada do verão, o avô voltou a sacudir-me a sesta, desenhado naquele cantinho sagrado do meu galpão-dormitório.

Desde esse dia ficamos inseparáveis. Aprendi a trazê-lo com os olhos fechados, as mãos em sinal de oração, repetindo seu nome em silêncio, cheio de pensamentos que me saíam do peito.

E ali aparecia. Então as horas nos encontravam conversando sobre preocupações domésticas, dúvidas escolares ou qualquer coisa que quisesse saber deste mundo "onde os anjos não existem e o diabo sempre se veste de bonzinho", segundo costumava sentenciar.

Minha mãe se preocupava em demasia. Certa vez me encontrou tão ensimesmado, falando com a cadeira, que não teve dúvida em levar-me aos empurrões para a rua, gritando sem nenhuma ternura que deixasse de coisas estranhas e fosse brincar com os outros guris, um brinquedo de verdade. Então comecei a chamá-lo apenas à noite. Um dia contei sobre o lagarto furtivo que encontrei comendo ovos no galinheiro da mãe. Com Emilio, o rei do bodoque, o havíamos apedrejado várias vezes, mas o ágil ladrão sempre conseguia escapar. Vivia no fundo de um cano em desuso e se entrincheirava quando era perseguido. O vô escutou atentamente e, com a sensibilidade de espírito reservada somente aos gênios, encontrou a solução em seguida. Revelou-me o segredo de uma armadilha, que lhe ensinara seu próprio avô em tempos de caçadores e reis: uma vara flexível de salso-chorão e um laço na ponta, com um naco de carne como isca. Expliquei todos os detalhes a meu amigo e, juntos, preparamos o cadafalso. Passaram-se vários dias. As galinhas corriam assustadas pela tortura diária do perseguidor – algumas até deixaram de colocar ovos. Uma sexta-feira, ao sair da escola, como sempre sem tirar o jaleco, fomos diretamente ao galinheiro celebrar a vitória. Grande foi a surpresa ao encontrar tamanho alvoroço no lugar. Minha mãe estava lá, como uma fera, embalando nos braços a galinha mais poedeira que alguma vez chegou a ter. Tal qual piada do pior destino das pobres galinhas, a carijó caiu na armadilha preparada para o lagarto ladrão.

Não consegui nem chegar. Quando passei perto do galinheiro, um vento frio mordeu as minhas pernas e eu caí de joelhos sobre a tela. Depois vieram as chicotadas, uma delas deu em cheio nas minhas costas, outra rasgou a panturrilha esquerda. Estendido na grama, o guarda-pó manchado, esperei que o braço da minha mãe se cansasse enquanto via Emilio correr como se o diabo estivesse pisando em seus calcanhares.

As marcas do castigo se apagaram em poucos dias, lentamente e sem que ninguém as notasse, como se dilui o sangue na água enquanto se lava uma ferida.

O lagarto seguiu reinando nas pedras, a galinha rendeu uma sopa saborosa sobre a mesa e eu fui o herói silencioso dos irmãos, que chupavam os dedos, pedindo repetição.

Depois, tudo igual. O vô continuou sua lição noturna de ocorrências fatídicas. Uma lâmina de barbear amarrada no rabo de uma pipa, a funda cortada do menino Cardozo, uma jararaca morta sobre a cama de Rosita, urtiga para Marcos, o bebê-chorão. E depois de cada travessura, uma surra, uma carraspana, um castigo. Só que nada nos detinha. Nem as aulas de catecismo de Maria Teresa, devota dos milagres impossíveis, nem o exorcismo do padre Pancho, nem as lições da professora delimitando o caminho. Nessa época, a água me trouxe um companheiro fiel que voltou da morte.

Dona Ménquira, uma morena de cabelo encaracolado, olhos de água, braços acostumados a trabalhar, vivia em uma casinha modesta, perto da fábrica, rodeada de pássaros e gaiolas. Para todos era a "tia", ainda que não conhecêssemos sua família e nem seu passado. Ganhava a vida fazendo faxina em casas de família e era infalível vencendo estorvos. Ninguém sabia de onde tinha vindo, só que formava parte da paisagem inconfundível da nossa vila. Resmungona e velha, era muito comum encontrá-la falando sozinha pelas ruas, dando socos no ar como se andasse cercada de fantasmas. Reconheço que tinha pavor da tia Ménquira. Sua voz rouca pelo tempo, a mão boa pra tirar nó das tripas, os gatos que a rodeavam, tudo me perturbava, mesmo que ela nunca tivesse feito nada para alimentar aquele medo. Não era de conversar com ninguém. Por isso ficamos atônitos ao escutar que nos chamava pelo nome.

Com o vozeirão arranhado pelo cigarro, acentuando as últimas palavras como quem dá uma ordem sem dá-la, disse que tinha um trabalho para nós. Depois se perdeu na penumbra do rancho tapado de samambaias e reapareceu carregando, com certa dificuldade, uma sacola. Contou-nos sobre a cadela vira-lata que deu sete crias entre os trapos, nos fundos, e repetiu várias vezes que não as queria em sua casa. Nossa tarefa simples seria atirar os cachorrinhos recém-nascidos no canal principal de irrigação, em troca de uma certa quantia em dinheiro para comprar o que quiséssemos. Dissemos que sim, deixando de lado o receio, já saboreando as casquinhas doces que eram a sensação no armazém gigante do Banderas.

Caminhamos devagar pela trilha de pedras até chegar à margem. Emilio se deteve um instante, olhou a correnteza encaixotada no extenso canal e jogou a sacola para que a água os levasse o quanto antes, para bem longe, onde já não nos doessem os seus ganidos.

Os cachorrinhos se fundiram com o leito escuro do canal, nadando desesperados, o instinto disposto a resistir à correnteza. Até que a água cobriu tudo de uma espuma marrom agourenta e já não enxergamos nenhum deles sobre a superfície.

Imediatamente senti essa rara sensação na garganta, o peito apertado, um vazio de vozes. Tomei bastante ar para não vomitar e me joguei na água. Ia em busca dos cachorros, braçadas largas, para salvar uma parte de mim que havia se soltado junto.

Pude resgatar um único filhote que resistiu, afinal, à água. Nesse mesmo dia o batizamos de Titán, em honra à sua gloriosa resistência, e foi nosso companheiro de aventuras até o dia cinza em que a jararaca o mordeu.

Trepado em meu cinamomo gigante, um dia escutei dona Clelia, a vizinha, falando preocupada com seu marido. "Esse guri é o próprio Judas, Roberto, um demônio. Ontem cortou uma por uma todas as rosas que haviam dado flor, depois de tanto tempo."

Entre os ramos, sem saber por quê, me inflei de orgulho e não pude evitar um sorriso malicioso.

O verdadeiro descalabro, entretanto, estava por chegar e, por sugestão expressa de meu avô, cumpri o que seria a minha última missão.

Dona Clelia, a grande amiga de minha mãe, parteira de quase todos nós, vivia numa casa pegada à nossa e não via problemas em gritar aos quatro ventos que eu era seu preferido, porque me salvou da morte na madrugada do meu nascimento. Era uma mulher cheia de alegria, que nos dava sobremesas e tortas através da cerca que dividia nossas casas, sempre disposta a entregar mais do que tinha. A vida não havia lhe dado filhos, por isso repartia seu amor entre plantas, crianças alheias e animais. No pátio de sua casa conviviam cachorros, gansos barulhentos, filhotes de mulitas, emas ainda sem plumas que perseguiam a gurizada, lagartixas escorregadias e até uma capivara guacha que cresceu sem medo entre as pessoas, quando desapareceu sem deixar rastros.

Mas entre todos os seus mascotes, o Sobrinho era o rei. Um gato cheio de si, de pelos dourados, que criava desde pequenino, lustroso e gordo, com cheiro de limpeza.

Nunca gostei daquele gato e tenho certeza que a antipatia era recíproca. Seu olhar transmitia desconfiança. Cada vez que andava por perto, por puro gosto de testar minha pontaria, o Sobrinho recebia uma pedrada.

Era uma tarde de domingo, havia corridas de cavalos e todos lá em casa haviam ido à festança. Segui ao pé da letra o plano do vô. Atraí o gato com um prato de leite.

Peguei-o com ternura entre os braços, acariciei sua cabeça até ganhar confiança e, por fim, já dono da situação, amarrei em seu rabo um pedaço de pano ensopado em álcool. Risquei então o fósforo, iluminado por um sorriso macabro.

O felino, de primorosa agilidade, saiu em disparada. Esquivou-se dos gerânios de minha mãe, correu pela linha divisória entre as árvores, saltou sobre a grade buscando refúgio. Subiu ao telhado. E o telhado do lugar, que tanto esforço custara a dom Roberto e a dona Clelia, era um tramado de palha.

Quando conseguiram apagá-lo, a baldes de água e com galhos verdes, o fogo já havia transformado a casa em um pedaço do inferno.

Estive por horas trepado no ponto mais alto do cinamomo, escondido entre os galhos amigos, esperando que a indignação de todos diminuísse.

Lá embaixo, passavam um por um para me convencer que descesse. Meu pai com ameaças, os vizinhos sem saber o que dizer, minha mãe sempre doce antes da surra, e até o gringo Emilio, que fazia sinais para se converter em cúmplice da desgraça.

Fechei os olhos, como tantas vezes, para que meu avô voltasse a me tirar daquele aperto, mas foi em vão; o silêncio dos mortos havia me engolido.

Já era noite quando calculei que todos tinham ido embora e desci da árvore, duro de frio. Mas apenas toquei no chão meu pai surgiu entre as sombras, fora de si, enfurecido como nunca o havia visto. Tinha o rosto congestionado e cuspia palavrões.

Me arrastou pelo pátio até a casa dos vizinhos, levando-me pelos cabelos ou pelas orelhas, quase flutuando, enquanto eu tentava me agarrar a tudo que encontrava pelo caminho. Queria que lhes pedisse perdão pelo desastre, que assumisse a verdade sobre o inferno como um verdadeiro homem de nove anos.

Não sei se pude fazê-lo, porque as palavras haviam desaparecido da minha boca. Só me lembro da cinza cobrindo os móveis, a luz mortiça da tristeza e aquele cheiro de madeira devorada pelo fogo que me perseguiu, sem descanso, ao longo de muitos anos.

Dona Clelia, apesar dos olhos muito inchados de tanto chorar, se colocou entre nós e, mesmo se arriscando a levar um tapa, suplicou a meu pai para se acalmar e me ensinou, de uma vez por todas e quase sem palavras, apenas deixando sair a ternura de sua alma, me ensinou de uma vez por todas e para sempre que, mesmo da mais pura desolação, também é possível sair sem queimaduras.

A Filha da Água

No nosso encontro seguinte, após o cativeiro, Emilio apareceu entre as árvores com uma folha e um caderno. Me fez sentar num tronco caído e leu devagar, acentuando as palavras para que soassem solenes, uma declaração sobre a necessidade urgente de tirar o vô da minha vida. Segundo suas conclusões, já era muito tarde para remediar os desastres e somente um outro velório poderia enviá-lo de volta ao seu lugar entre os mortos.

Eu olhei para ele um pouco surpreso pela proposta, fiz a cara mais séria que pude e tratei, em vão, de aguentar a gargalhada ao escutar a voz empostada. Por fim, entendi que é impossível escapar da verdade quando está dita até com os ossos e acabei sendo parte daquele plano organizado com a seriedade das grandes aventuras.

Custou-nos uma semana juntar o necessário para concretizar a ideia do gringuinho magro que parecia cada vez mais velho. Depois de remexer o guarda-roupa inexpugnável da minha casa, encontrei a única fotografia amarelada que ainda guardava o sorriso torto do vô. Emilio não teve outro remédio senão sobreviver ao sermão do padre Pancho para levar, em cada visita à igreja, dois ou três tocos de vela que escondia no bolso da calça. Como deveria ser o mais parecido possível com um velório real, não podia faltar o luto fechado. Por isso vestimos as roupas mais escuras que pudemos achar, fizemos cara de cerimônia e fomos vivenciar um espetáculo que nenhum de nós jamais havia presenciado.

Em uma clareira do monte, sobre o banco de areia que às vezes formam as enchentes, uma fotografia cercada de velas, certa tristeza no ar, a tarde talhada e mortiça.

Acendi as velas uma por uma, um pouco trêmulo, enquanto Emilio lia em voz muita alta uma oração sobre a morte. Depois, o sinal da cruz repetido três vezes para selar a conjuração, um beijo final na foto como despedida e o lenço para secar lágrimas reais, que transmitiam a dor daquela perda.

Agora que o enxergo de longe, volto a sentir a aflição daquele velório desesperado. O certo é que a partir daquele dia jamais voltei a ver o meu avô. Se esfumaçou, deixando apenas um regato de nostalgia sobre a cadeira vaga.

Tentei então emendar meu comportamento, apagar as falhas dedicando mais tempo às tarefas da escola, desprender-me do diabo de pijama, mas não percebi que já era muito tarde para vender a pele do Judas. Voltava a me encher de más intenções. E os nós seguiam sendo nós.

Todos temos uma professora inesquecível. A minha foi a Dorotea Prestes, morena de olhos rasgados, armada com a régua pesada de ipê-roxo, que todos odiávamos, e que poucas vezes deixava escapar um sorriso.

Havia chegado da capital e, ainda que tenha tentado, no começo, nunca conseguiu superar a frustração de ter que ensinar pelo resto da vida naquela escolinha de fim de mundo. Era dona de um caráter explosivo, de pouca paciência, áspera e dura em suas convicções, mas começou a se derreter quase que imediatamente na manhã em que chegou, eufórica, para nos contar sobre sua gravidez. A partir daquele dia, impulsionada por sua felicidade, foi uma festa encontrar a barriga cada vez mais crescida da professora.

Já não lembro quanto tempo havia se passado. Apenas consigo resgatar a sombra de Dorotea a ponto de me partir a cabeça com aquela régua infernal. Depois, foi tudo bastante confuso. Como um gato, pude arrancar-lhe da mão a arma pedagógica e corri brandindo meu troféu aos gritos da turma enlouquecida, que celebrava a vitória.

A professora tratou de alcançar-me, furiosa, entre os bancos, daqui para lá, até que tropeçou irremediavelmente e se foi ao chão, como uma mariposa gorda que, de repente, perdeu as asas. Seu corpanzil fez um ruído grotesco ao bater nas tábuas. O tempo parou nas caras de pavor e nos olhos de culpa. Olhei a professora com as pernas abertas no piso frio e pulei por uma das janelas para ganhar a rua, o mundo, o monte.

Emilio me convenceu a voltar e regressou comigo depois de várias horas pela picada do riacho. Chegamos à minha casa quase ao escurecer. Me esperava um alvoroço de vizinhos, curiosos e cuscos. Tudo pressagiava um desfecho terrível. Mas dessa vez, graças à intervenção divina do padre Pancho, que suavizou a tormenta com sua voz grossa de sulista italiano, a penitência foi apenas servir de coroinha durante os próximos três meses. A professora não sofreu consequências na sua gravidez, embora tenha se negado terminantemente a me receber de volta em suas aulas. Dessa forma, terminei o ano na sala dos alunos maiores, pagando pelo descontrole de minhas condutas.

Por essa época, quando os segredos do monte eram cada vez mais imprevisíveis, começou a construção da canoa. Um par de facas velhas, uma machadinha e algumas pedras foram suficientes para começar a cavar, dia a dia, com paciência de formiga, aquele enorme

O mergulhador

tronco que o rio havia esquecido na praia durante a última cheia.

Não faltamos um só dia. Debaixo de sol ou de chuva fina, nos domingos cinzentos ou em meio à névoa fria, foi tomando forma a audaz embarcação. No sábado em que íamos colocá-la na água, nesses momentos cruciais em que os sonhos se podem tocar com a mão, uma arraia me mandou ao hospital e aprendi que os heróis, às vezes, têm asas de crianças sem estrela.

Eu andava descalço, como quase sempre, perseguindo os lambaris que vinham à beira do rio pelas migalhas de pão, quando tive a vaga sensação de ter pisado em alguma coisa mole com o pé direito. Nesse momento preciso me lembrei das recomendações, muito conhecidas por todos na vila, sobre as arraias que dormiam na areia. Tarde demais. A lança entrou como um arpão, rasgando a carne até o osso. Tudo ficou escuro. Minha irmã Siomara contou depois, ainda muito impressionada, que Emilio arrancou forças não se sabe de onde e me arrastou pelo monte, vencendo os espasmos de sua asma crônica, até deixar-me inconsciente nas mãos do Comissário Silvestre.

Embora imaginando sua cara insolente ao desafiar o caminho, não pude evitar gostar de Emilio de uma maneira lancinante, como se gostam os irmãos da vida. Disseram que, mal viu partir o Jeep da Polícia em direção ao hospital, escondeu a cabeça entre as pernas e, afogado pelo vômito, se parou a chorar sobre os gerânios da delegacia.

Estive quase um mês internado e sobrevivi sem sequelas ao ataque da arraia. Enquanto me sentia melhor, preso naquela cama de lençóis limpos e odores estranhos, comecei a sonhar com o momento de lançar nossa nave à água. Pensei em nomes para batizá-la, mas depois decidi que seria meu grande amigo e salvador quem teria o privilégio de escolhê-lo. Minha mãe passou dias e noites comigo, sempre ao lado da cama. Era comovente saber que havia trazido toda a sua afeição. Me dava comida na boca, cerzia meias, toucas, cachecóis, enquanto a rebelde ferida do rio cicatrizava. Estranhamente, aquela internação dolorosa foi a experiência de amor maternal mais tangível que já pude experimentar.

No dia em que voltei para casa, um gosto agridoce me tomava a alma. Recebi a visita de padre Pancho, dos vizinhos, de amigos da escola e até da professora Dorotea, que veio me ensinar, carinhosa, as bondades do perdão. Mas na minha cabeça não havia lugar para outra coisa que não fosse presenciar o batismo triunfal da nossa filha da água. Estranhei não ver o gringo Emilio entre a turma; concluí que não teria vindo por alguma razão poderosa, dessas insólitas que afligem os seres especiais.

Nessa noite tive o privilégio de dormir em casa, junto ao meu irmão Marcos. Foi como se voltasse a ser parte da família, o filho pródigo que voltava sem haver ido. Quando fechei os olhos, sozinho no silêncio do quarto, agradeci à arraia por me devolver essa queimação que anda às vezes pelas veias e é muito parecida com a alegria.

Passei três dias sem sair de casa por recomendação médica. Da ferida, ficou apenas uma cicatriz vistosa que me enchia de energia. Assim, naquela manhã, a primeira coisa que fiz, depois de saborear o café preto com farinha, foi dizer à minha mãe que ia convidar Emilio para pescar.

Ela estava lavando roupa em uma tina grande sustentada por pedras. Lembro-me dela, curvada, esfregando com força, enquanto o sol penetrava pelo puxadinho de eucaliptos que meu pai construiu para protegê-la do calor e da chuva. Olhou-me por um instante, buscando as palavras, com a culpa de quem sabe que vai causar uma dor muito grande, mas que não pode evitá-la. Se aproximou lentamente. Colocou sua mão molhada em meu ombro e sussurrou, com aquela voz suave de bombom, que os pais de Emilio haviam partido para algum lugar do mundo que nunca mais pude lembrar.

Foi como se toda a água da tina gigante tivesse sido derramada por cima de mim de repente. Não pude conter as lágrimas e corri apavorado até pular a cerca.

Terminei no rio, somente porque ali todas as árvores e as pedras e os caracóis tinham alguma coisa de Emilio.

Nada foi igual em meu mundo depois daquela notícia. Não havia forma de enfrentar o desgosto, a contrariedade, as dúvidas, os sonhos e até as alegrias sem a força daquele penetrante rei dos lambaris. Entendi imediatamente, com essa dor ácida das revelações tardias, que um pedaço de vida já não me pertencia mais. Havia se ido para outros lugares, a inventar reinos onde as fantasias fossem mais verdadeiras. Nessa tarde eu o desejei como nunca. Com os punhos apertados, chorei pelos bagres que perdemos e pelas armadilhas que inventamos, pelas ensolaradas tardes que não voltariam mais, pelas conversas que faltaram e as palavras que, afinal, nunca lhe disse. Chorei porque descobri, com raiva, que era muito tarde para chorar.

Cheguei ao esconderijo secreto e ali estava ela, nosso sonho real, coração de madeira, pronta para voar. *A Filha da Água*, com sua popa insolente de piratas e céus, pousada sobre a areia, esperava o beijo piedoso que a faria despertar.

Fiz o que o gringo teria feito: arrastei-a até a margem como pude e me joguei às ondas. Deixei que o vento me lambesse a cara como um cachorro manso. Não tinha desejos de seguir, os olhos me pesavam e era difícil respirar um ar que havia virado gelo. Com o tempo percebi, não sem um certo pavor, que aquela espada afiada na garganta, o agulheiro terrível nas entranhas, a palpável solidão e o medo foram meus primeiros desejos de morrer.

A essa hora, em seu curso sinuoso entre as ilhas, o rio está sempre cheio de vida. Já não me importava. Estirei-me o mais que pude sobre o piso da canoa e fechei os olhos para que o mundo fosse longe, à deriva, com o gringo.

O golpe foi violento. Pulei atordoado pelo sobressalto. Vi a embarcação quase colada à minha e a âncora que já caía sobre meus pés. Compreendi que queria rebocar-me.

Alguns anos depois, quando um certo polícia insolente quis me levar preso até a costa, me lembrei da imagem daquela chalana me arrastando até a margem e o homem de chapéu de palha encurvado sobre os remos. Reconheci-o em seguida. Tinha os mesmos braços grandes que a lenda descrevia e a grosseira cicatriz no lado esquerdo do rosto, tatuada pelo punhal maldito do brasileiro Jango em um ajuste de contas.

Somente por lembrar dele, volto a sentir o mesmo terror de então. Havia crescido à sombra das histórias que se contavam, desde sempre, sobre ele, mas era a primeira vez que estávamos tão perto. Pedro Martinidad vivia no mato rodeado de cães, não muito longe do povoado aonde muito poucos chegavam. Era solitário, arisco, e seus raros contatos com as pessoas se limitavam às idas ao bar onde vendia peixes, capinchos, jacarés e até lontras, que trocava por garrafas de cachaça brasileira e algumas coisas de comer. Sobre aquele homem se contavam muitas coisas. Tantas que ninguém sabia o que era verdade ou o que era lenda. Segundo o que todos sabiam, havia sido contrabandista de barris de cachaça e era dono de uma extraordinária pontaria, aguçada pelos enfrentamentos com a Polícia das duas fronteiras. Com a chalana suspensa na água, diziam que era capaz de acertar uma capivara a cinquenta metros ainda com um litro da pior canha fervendo nas veias. Alguns lhe atribuíam duas mortes, a de Campos e a do Correntino Casafuz, e outros se animavam a lhe empurrar também a do ruivo Márquez, que amanheceu num domingo com uma bala entre as sobrancelhas depois de haver discutido, na noite anterior, com o perigoso Martinidad.

Com todos esses dados, eu não parava de tremer enquanto as duas embarcações chegavam a terra. Saltei antes. Apenas para demonstrar-lhe que estava vivo.

A voz pareceu despegar-se do homem.

– Há que se ter respeito pelo rio, companheiro – disse laconicamente, enquanto cravava os remos com maestria na areia para voltar à água. Rebocou nossa canoa até onde a corrente suportava e soltou-a para que o rio a levasse. Depois o vi afastar-se, sem tempo, sob o chapéu de palha, até que sua sombra fosse apenas uma mancha emoldurando o horizonte. A tarde começava a ser um monte de ausências sobre o barro da praia e, embora tomado de pavor, trepei como um gato pela barranca do rio para fugir pelo caminho do povoado.

Os dias seguintes trouxeram a nostalgia do amigo, a volta às aulas, o retorno da indiferença. Tudo voltou a ser igual. Silencioso e áspero, parecido com o frio. Enquanto isso, um sentimento escuro começou a me dominar. Em nome do gringo Emilio, tinha que vingar a destruição do nosso sonho. Estava tão cego que já não me importavam as consequências e nem o tamanho do rival que tinha pela frente. Pensei muitas formas de concretizar minha vingança, mas ao cabo de alguns dias, o destino meteu seu rabo de azares pelo meio do caminho.

Eu havia saído da escola e andava perto do rio espantando pombas do mato quando o vi atracar à margem. Era Martinidad e a sinistra sombra que sempre o seguia. Fincou pé em terra, atou sua embarcação numa árvore e tomou o rumo da vila carregando uma sacola nas costas. Passou sem me ver, muito perto. Esperei que estivesse longe e corri até sua chalana arrogante. Já não podia mais esperar. Como se houvesse planejado há muito tempo, me pelei completamente para entrar na água e levar de arrasto o barco do homem que havia roubado nossa esperança. Nadei com a alma em cada braçada, atiçado pela raiva, movendo os pés como uma rã. A chalana era mais pesada do que parecia, só que minha obstinação havia crescido no silêncio. Depois de uns vinte metros, quase sem forças, deixei-a ir rio abaixo e fiquei flutuando por uns instantes antes de regressar à praia. Já sem medo, apenas com a cabeça fora da água escura, senti que me livrava de um sentimento amargo que ia se desfiando à medida que o horizonte tragava a embarcação.

Depois os dias se passaram, flutuando entre a íntima satisfação do dever cumprido e o medo de ser descoberto. Lembro que andei nervoso, sem afastar-me de casa, jogando bolita ou pião com meus vizinhos, com o temor constante de que a qualquer momento a verdade viesse à tona. Mas não aconteceu nada. O tempo, que tem muito de cúmplice com a vingança, se encarregou de sepultar a façanha.

Em uma vila monótona, onde todo mundo sabia de tudo e de todos, ninguémdeixou sequer escorregar um comentário sobre a incrível chalana que Pedro Martinidad, contrabandista de lendas e sonhos, conseguiu perder.

Tempos depois, quando o perdão já havia feito seu trabalho, confessei o feito a Martinidad e me senti definitivamente liberado daquela vingança. Dormi em paz nessa noite e sonhei que o gringo Emilio me saudava desde uma caravela como as de Cristóvão Colombo, dando adeus com um chapéu de pirata. Tinha uma bandana da escola amarrada na testa e o sol lhe despia os ombros, deixando à mostra suas inconfundíveis sardas de bandido.

– Está feito, gringo – gritei, e o sorriso permaneceu na minha cara até despertar.

Martinidad do rio

Verão. Trago-o comigo porque esse dia era o aniversário do meu irmão Marcos e, como único festejo, nossa mãe nos levou ao rio para que a ajudássemos na sua interminável tarefa de lavar roupas. Duas tinas grandes, sacolas, bolas, pão fatiado, marmelada, cuscos e a gurizada compunham a caravana que marchava rumo à água. Vinham também os irmãos Torres, nossos vizinhos, dois morenos fortes que tinham quase o dobro do meu tamanho, criados à polenta e arroz de leite e que, apesar de ostentar a singularidade de serem os únicos gêmeos da vila, não se pareciam nada entre si. Era uma festa ir naquele grupo porque, ainda que minha mãe se comportasse como uma velha resmungona, ao menos eu podia mostrar minhas habilidades na pescaria. Sentia-me o centro das atenções, um mestre nas dificuldades do rio. Ensinava-os a fazer o laço para engatar os anzóis, procurar a melhor isca e até derreter pedaços de chumbo em uma lata, que terminavam sendo uma excelente chumbada na areia da praia.

Nesse dia tinha roupa demais e a mãe parecia rezar, de joelhos, esfregando as peças contra as pedras do rio. Por isso não viu quando Titán, nosso cachorro barbudo, saiu do meio dos espinhos da costa, cambaleando, com espuma brotando do focinho e afogado em um gemido asmático. Quase em frente a mim, que nesse momento lutava para colocar uma minhoca no anzol, deteve seu passo trêmulo e desmaiou, agonizando.

Nunca pude esquecer. Depois de um longo estertor, seu corpo foi ficando duro, morrendo aos pedaços como uma brasa apagada.

Senti que me fez uma súplica com seu olhar e pulei sem pensar para abraçá-lo, mas o grito da minha mãe paralisou o instante: "Não!", ordenou, decidida, e foi se aproximando devagar, quase sem tocar a areia com seus pés descalços.

Nunca a havia visto naquela postura felina. "Foi uma cobra", disse devagar, agachada, com um galho entre as mãos, enquanto em Titán sobreviviam apenas fios de sangue que escapavam do focinho e morriam na praia mansa. Me aproximei dela, apenas para apertar sua cintura magra e sentir a proteção de seus braços, que pareciam de ferro. Ali vi a enorme jararaca entre os arbustos, uma bola parda enroscada sobre si mesma, ainda com a vida do nosso cachorro nas presas.

Minha mãe a enfrentou sem medo, como outra fera, dando-lhe golpes certeiros com sua lança de espinilho. A cobra, longe de fugir, foi ficando cada vez mais desafiante e alçou a cabeça buscando uma nova presa.

Todos escutamos o estrondo. Um ruído seco que encheu o ar de sombra e pólvora. Eu estava muito perto, meus ouvidos tremeram com o zunido da bala. Apenas atinei a agarrar-me em minha mãe, também petrificada, enquanto a jararaca se retorcia sanguinolenta, partida por um tirambaço certeiro. Quando me virei para entender o que tinha acontecido, vi Pedro Martinidad parado atrás de nós, com o chapéu de palha jogado para trás, a camisa aberta até o peito, empunhando a escopeta que fumegava.

Depois da surpresa, minha mãe agradeceu sacudindo a cabeça em sinal de aprovação. Martinidad se aproximou do cachorro, tirou a faca grande de carnear capincho e, sem tremer o pulso, cortou a orelha direita de um só golpe. O sangue brotou até deixar um regato úmido entre o pasto. Então levantou-o nos braços, com algo parecido a ternura. "Vou levá-lo para ver se o posso salvar", acredito que tenha dito, a voz infestada de cigarro, falando ao Titán desmaiado, às árvores, ao rio, ao silêncio mesmo, sem olhar para ninguém. Depois subiu na chalana e foi tragado pelo horizonte de águas mansas. Ali ficamos todos, absortos, esperando. A mãe não quis enterrar a cobra, deixou-a ali, secando ao sol, para que virasse comida fresca aos urubus.

Nossa relação com Martinidad, então, mudou de maneira brusca. Pelo menos duas vezes por semana vinha à nossa casa trazer notícias do Titán que, ainda que tivesse ficado com sequelas do veneno, seguia agarrado à vida como um carrapato.

Minha mãe era a que lhe dava mais conversa. Via-a tão animada, por vezes, nas conversas com o homem do rio que não pude evitar sentir meu peito corroído por um sentimento novo que, com o tempo, descobri, era muito parecido com o ciúme.

Tudo isso, porém, se apagou no dia inesquecível em que apareceu no portão de casa com o bagre nas costas. A vizinhança se aglomerou em torno do troféu, as bocas abertas diante de semelhante monstro. Penduraram na parreira porque não cabia na mesa da cozinha e andavam ao redor dele, atônitos adoradores de um deus pagão que veio da água. Martinidad calculou com orgulho que devia pesar ao menos quarenta quilos. Ainda hoje, quando conto como fez para tirar aquele animal sem outra ajuda que um punhal e umas cordas, acontece de as pessoas não acreditarem em mim. Eu sempre acreditei porque tive a sorte de estar presente naquela tarde, vendo seus olhos saltados de emoção enquanto derramava o relato que lhe brotava da pele, aos borbotões, como se ainda o estivesse vivendo.

Essa manhã havia sido igual a tantas outras, molhada por um chuvisco frio que repicava sobre o telhado de palha. Os ossos doíam ao pobre Martinidad. A noite havia sido pesada e o resto de cachaça que ainda tinha pelas veias fazia seus estragos. Pensou em ficar ali até que a chuva parasse, mas lembrou-se que tinha apenas um punhado de erva, meio litro de cana e algumas bolachas.

Abandonou a paz da sua cama para se atirar no rio e recorrer ao espinhel. Já na água, sentiu a linha muito pesada e imaginou que estava ante uma pescaria memorável.

Parado na chalana, levantou com todas as suas forças sentindo que lhe tremiam as pernas. O rio cuspiu um alvoroço de água marrom e emergiu, bufando como um cavalo cansado, o maior bagre que já havia visto em sua vida. O peixe se sacudiu todo, tratando de escapar. A linha trançada queimou as mãos de Martinidad e ele largou o espinhel, que voltou a afundar. Segundo o que contou no bar, rodeado de admiração e respeito, a insólita batalha, cuja recordação permanece no repertório fantástico de tantos pescadores, durou mais de dez horas. Sem arma nem gancho adequado, era impossível dominar o peixe. As horas passaram. Seriam por volta das seis. Os mosquitos começaram seu ataque interminável, o cansaço lhe endurecia os braços e a fome o deixava sem forças. Até que surgiu uma ideia desesperada: atou a corda em sua cintura para não cair da chalana em caso de uma forte sacudida; e de joelhos para estar mais firme, foi subindo devagar. O bagre, já cansado, chegou à superfície sem resistência. Quando chegou perto, Martinidad entrou com meio corpo na água e, pegando-lhe a cabeça, abriu de par em par as guelras rosadas. O rio entrou pelo interior do peixe, que se sacudiu como um touro até fazer tremer a chalana. Possuído pela raiva do sobrevivente, o homem não soltou sua presa até que a sentiu afrouxar, com espasmos distantes, caindo frente à astúcia de seu adversário. "Matei o bagre afogado, pode acreditar", sentenciou, terminando o relato que nos deixou presos na emoção das revelações mais transcendentes.

Desde aquele dia, minha relação com Martinidad mudou tanto que terminei desejando encontrá-lo sentado à mesa da nossa cozinha quando voltava da escola. Já não via a cicatriz tão horrenda e me esqueci de seus mortos. Em pouco tempo, quase sem nos darmos conta, o pescador formava parte da paisagem de nossa casa. Víamos ele duas ou três vezes por semana e nos domingos começou a ser infalível. A meu pai, parece, lhe entediavam um pouco as visitas seguidas, mas jamais notei nele qualquer desprezo pela sua presença. Recebia-o sempre com respeito, sóbrio e sem hesitação, embora alguma coisa mudasse em seus olhos quando o tinha pela frente. Tenho certeza que ninguém notava. Eu sim, porque havia aprendido a conhecê-lo desde o silêncio, entre sombras, brincando de descobrir os esconderijos onde escondia sua alma. Eu sabia que quando algo lhe desagradava, uma mancha cinza escurecia seu olhar, e não havia sorriso capaz de cobrir o descontentamento. Entre eles se chamavam sempre pelo sobrenome, e quando os temas sobre o rio terminavam, não ficava mais que um silêncio inquietante que cortava o ar.

Com minha mãe, a relação era diferente. A conversa fluía sem esforço, com temas comuns que se tornavam interessantes ao toque das palavras. Falavam, sobretudo, da natureza e de seus mistérios, das bondades da terra e do poder de cura das plantas. Ela se revelava loquaz, amável, cheia de fragilidades que não conseguia esconder sob a dureza de seus gestos.

Confesso que aproveitei a oportunidade e, um dia, consegui permissão para conhecer o acampamento de Martinidad, sob a desculpa de visitar Titán, que havia regressado da morte.

Fomos com Marcos, meu irmão menor, sempre agarrado às minhas calças. Guardo-o como um grande dia. O lugar estava na parte mais alta do mato, onde o rio não podia tocá-lo. No centro, um rancho de barro e palha dominava a paisagem, rodeado de árvores gigantes e trepadeiras. De fora parecia descuidado, mas impressionava, ao entrar, a limpeza do piso de terra, a ordem natural que cada coisa parecia ter. Uma só peça em que conviviam a cama, um armário caseiro de tábuas, onde empilhava prolixamente a roupa, e uma mesa de troncos com apenas uma cadeira de madeira, como se não houvesse lugar para ninguém mais naquele pedaço de sua existência. Pendurados no teto, descobri o rifle, uma escopeta e várias sacolas carregadas de redes e anzóis grandes, de espinhel. Sobre a cabeceira da cama, evidenciado pelos tijolos da parede, escrito com letra impecável sobre fundo de estopa branca, um cartaz pregava a frase:

NÃO VOS ESFORCEIS PELA MANHÃ,
QUE O AMANHÃ TRARÁ SEU PRÓPRIO AFÃ[1]

Não encontrei significado algum naquelas palavras bíblicas. Li em silêncio, sem dar dema-

1 Mateus 6:34 (N. do T.)

siada importância a elas, e pensei que talvez fosse algo escrito em outro idioma. Ao meu irmão Marcos interessou uma faca talhada em madeira, da qual se apropriou sem perguntar, possuído pelo entusiasmo de seus sete anos. Eu quis repreendê-lo para demonstrar educação, mas Martinidad terminou a discussão dizendo que a havia talhado para ele. O ciúme me atormentou naquele instante e saí para cumprir o que havia sido combinado para nossa visita. Titán sobressaía entre os outros cães. As porções de veneno que lhe queimaram as veias o deixaram quase cego e com dificuldades para andar. Quando nos escutou, aproximou-se com seu passo de bêbado para lamber minha mão. As patas tremiam e uma baba obstinada brotava de seu focinho. Logo compreendi que sua volta para casa seria difícil. A sombra do monte passava já quase sem tocá-lo, como se fosse um fantasma. Olhei para o outro lado do rio e tratei de afugentar a tristeza na carícia de outros cachorros que vieram fazer festa. Martinidad, sábio das situações difíceis, acendeu um cigarro e nos levou a conhecer outros lugares onde o desencanto fosse menos palpável. Aquela seria a primeira de tantas visitas ao território mágico do acampamento. Foi uma época repleta desses dias em que, apenas por vivê-las plenamente, as coisas insignificantes se transformam em extraordinárias. Terminei por despertar nele esse desejo primitivo de permanecer em alguém, de deixar uma pegada sobre a areia molhada, ali onde alguma semente possa sair imune do esquecimento. Então quis me ensinar os verdadeiros segredos do monte, as armadilhas, os nós, as urgências, os lugares de pesca, as trilhas e os atalhos.

A alegria havia se adonado do meu corpo. Comecei a ir ao acampamento todos os dias, a ponto de me transformar, em poucos meses, num exímio atirador de redes, montando espinhéis, tarrafeando iscas, com uma inata habilidade para encontrar os buracos onde se escondiam as melhores presas nas épocas de vazante, quando conseguir boa pesca envolvia toda uma adivinhação. Dominei em pouco tempo as espécies de árvores, as macegas que curam qualquer fraqueza, os pássaros da solidão, as cobras, os lagartos, as armadilhas de lontras e até uma oração infalível para tirar um tatu entrincheirado de sua toca. Aprendi a tirar erva de passarinho, que se agarra na pitangueira até matá-la, mas é boa para os rins e para a ressaca; soube secar a arnica, a carqueja, a cidreira e até descobrir no matagal uma folha de figueira, cuja batata era muito cobiçada por Martinidad, já que, misturada na dose exata, tirava do seu cigarro aquele cheiro de morto do tabaco brasileiro, de má qualidade.

Uma vez me deu para beber um azeite para fortificar os pulmões, segundo me disse, feito com banha de capivara. Aquele sabor rançoso quase me fez vomitar, mas aguentei estoicamente apenas para convencê-lo de minha passagem, sem remédio, à hombridade. Me fiz forte nos remos, dominador da chalana tanto em correnteza forte quanto em remanso. Lá pela metade de tantas revelações, aprendi também que, apesar de sua duradoura solidão, Martinidad não era incrédulo com as pessoas. "O que é bom volta pra ti", dizia com frequência, tão baixinho que era difícil entender as palavras que trancavam nos seus dentes.

Tinha uma forma simples de mostrar as coisas, sempre com alguma piada incrível, como quem ensina sem ensinar. Em todo esse tempo que naveguei a seu lado, meses ou dias ou anos, já nem sei, a alegria de pisar a terra me assaltava cada manhã.

Melhorei na escola, deixei as travessuras de lado, cumpria ordens sem protestar e até ajudava nas tarefas de casa. Minha mãe, a professora, o padre e os vizinhos me olhavam com olhos de ternura, aprovando a mudança. "Que incrível, esse guri parece outro", escutei comentar, assombrada, a dona Clelia, enquanto me via passar com o tarro, prestativo e sorridente, para buscar leite de Ernestino, o açougueiro. Nas noites, quando o silêncio do quarto transbordava de grilos, voltava o gringo Emilio a encadear projetos com sua aparelhagem de sonhos. Contei a ele uma vez, fixando os olhos no espaço da parede onde antes eu vi meu avô, que o verdadeiro Pedro Martinidad não era nada parecido com a lenda que faziam dele. Esse Pedro, o de barba desparelha e sorriso de pedra, é um amigo das árvores e dos cachorros, aprendeu a matar para comer, tem sempre uma palavra precisa e está cheio de histórias. Um sábio nos confins do mato que ficarias encantado em conhecer.

Tenho certeza que escutou, a lua seguia sendo a nossa lua, embora já não refletisse suas manchas no rio. Então, a lembrança de seus olhos iluminava o vazio, e eu seguia sentindo a sua falta, com uma ternura inevitável, até os ossos, como os cães que sentem saudade.

De toda aquela festa de cores e novidades, porém, o que mais desfrutei foram as sessões de tiro com o Berno tcheco calibre 22, com ferrolho, pente de dez tiros, culatra esculpida, um rifle com tantas histórias no lombo que o faziam "arisco e suave como uma dama", dizia Martinidad, mostrando os grandes dentes amarelos. Como era difícil sustentá-lo, aprendi a calçar o cano sobre o ombro dele para fazer mira. Nessa posição, o gatilho parecia voar entre meus dedos. Então, me sentia soberano, dono de minha

O mergulhador

vida, um esquecido remelento transformado em capitão dos bandidos. Às vezes, quando o via conduzir a chalana com os cabelos ao vento, me dava vontade de abraçá-lo, mas não havia lugar para isso. No dia em que acertei a primeira bala na cabeça de um pato mergulhador, a sessenta metros de distância, desde um platô, voltei transbordante, pleno, correndo a toda velocidade entre as pedras porque havia passado em muito a hora permitida. Minha casa estava envolta num silêncio solene.

A noite já avançava sobre as paredes, deixando uma penumbra defendida apenas pela luz da lamparina frontal. Não havia sinal de meus irmãos. Sorrateiro, nas pontas dos pés, fiz a volta para entrar em silêncio pela porta dos fundos. Foi então que passei em frente à janela do quarto de meus pais e escutei soluços. Lembro-me de subir no limoeiro para espiar.

Fiquei petrificado. Vi meu pai sentado na cama, o rosto escondido entre as pernas, chorando como um menino. As lágrimas caíam sem parar, aos borbotões, ainda que ele tentasse contê-las com as mãos. Minha mãe, de pé, acariciava sua cabeça. Não havia palavras, apenas silêncio de luto, a presença insuportável da dor e uma flor de jasmim despedaçada no chão.

Do outro lado da escuridão senti uma punhalada certeira que me partiu o peito. Meu pai apareceu através de uns olhos que não pareciam os meus, também prisioneiro da solidão, assolado pela mesma tristeza e esquecimento. Amei-o mais que nunca, com a raiva do amor não correspondido, de cara limpa, como se fosse meu próprio filho.

Era a primeira vez na minha vida que via um homem chorar. Não pude suportar o final. Os cachorros latiram e saí correndo a subir no cinamomo. Não voltei até que minha mãe nos chamou aos gritos, os olhos mareados, para nos dar a notícia de que um dos irmãos Lima havia se afogado no rio. Disse, cheia de orgulho, que se não fosse pelo meu pai e o jasmim bendito, jamais o encontrariam.

Nesse dia entendi o segredo das lágrimas.

Aquele dom incrível de descobrir a morte era, também, sua própria e pesada maldição.

O ADEUS DO TITÃ

Decidi levar Titán de volta para casa num sábado que vinha tingido de primavera porque as plantas já transmitiam a cor das violetas. Foi um pouco antes do meio-dia. Trouxe-o amarrado a uma corda, medindo os passos, erguendo-o a cada tanto para aliviar o peso da viagem. Assim que chegamos, a festa foi montada. O cachorro andava quase às cegas, tropeçando entre as pedras devido ao tremor causado pelo veneno, mas era possível notar a alegria com o regresso em cada latido. Havia perdido sua capacidade de controle e andava, como um filhotinho, deixando poças e plastas de bosta à sua passagem.

Não consigo esquecer a algaravia. O pequeno Marcos trouxe uma tigela de leite, Rosita conseguiu um saco de estopa para improvisar uma cama e até Siomara, minha irmã mais velha, deixou suas coisas de lado para acariciar o Titán sem orelha que voltara da morte. Não lhe custou nada sentir-se novamente em casa; em menos de uma hora já andava por todos os lados, puro latidos no ar, batendo em paredes, quebrando plantas, no centro de uma tropilha de crianças que festejava as cacetadas. Era engraçado, mas ao mesmo tempo triste, vê-lo andar de lado, sem defesa nem rumo, como quem recém começa a caminhar. Na hora de comer, meu pai chegou e encontrou o cachorro, que deixava suas poças fumegantes no chão do comedor.

Não posso ou não quero recordar como as coisas aconteceram. Eu o vejo metendo o pobre Titán no saco de estopa, que apenas se retorce.

Tem a cara desencaixada, os olhos brilham como brasa. Transpira, os maxilares fracos parecem agora de pedra, os músculos se tensionam tanto nas costas que rasgam a camisa. Marcos, o menorzinho, está agarrado às suas pernas. É a espontaneidade da inocência, o poder de dizer, entre lágrimas, o que manda sua alma. Rosita e Siomara também choram aos gritos, implorando à sua maneira, entre espasmos e palavras entrecortadas, um pouco de piedade. Minha mãe não se mete. Observa um instante, submissa à luz do meio-dia, cansada de tanto brigar, e se refugia no silêncio como um móvel a mais da cozinha, alheia ao fogo da dor e ao olho da culpa.

Recostado à parede, sem um gesto que delate a raiva que me incendeia, observo meu pai sair de casa sem rumo. Aperto os punhos até que doam, o medo outra vez paralisa, afoga, envolve. Leva o saco no ombro, o rifle na mão. Titán não se defende, não sabe que se trata da última escuridão, seus ganidos são apenas presságios do final que virá logo para terminar a agonia que começou com a jararaca.

Marcos ficou no chão, dando patadas no ar. Minhas irmãs vieram tirá-lo de sua angústia, mesmo sem esconder a desolação que não se permitiam aflorar. Eu demorei a escapar da maldita paralisia, essa mesma que seguiu agarrando-me por muitos anos em situações de crise, e saí correndo em direção ao acampamento, onde ainda sobrevivia a luz.

Os vira-latas vieram logo me receber. Antes de chegar, já havia sentido uns gritos que fizeram tremer o monte. Quando estava próximo eu o vi. Era Martinidad, parado num canto da tapera. Em uma das mãos a garrafa de cachaça, na outra o facão brasileiro de três listras, que afiava em uma pedra tirada do fundo do rio. Estava descalço, o torso nu, e cuspia insultos enquanto apunhalava o ar. Senti medo como da primeira vez que estive em frente a ele. O senhor do mato havia se convertido de repente num borracho decadente, aquele homem cinza parecido com sua lenda. Tinha os olhos perdidos, como se nem fossem dele, a cara tapada por trapos queimados e a velha cicatriz de novo, crua e sem remédio, brotada da alma.

O clima de paz que rondava o acampamento parecia, agora, um baile de mortos. Quando Martinidad arqueou o corpo, vomitando dolorosamente entre as árvores enquanto um dos cachorros se aproximava para lambê-lo, não aguentei mais tanto horror e voltei correndo para refugiar-me no único lugar do mundo onde, seguramente, estaria a salvo das injustiças. Meu cinamomo gigante.

Aquele foi um desses dias que gostaria de apagar da memória, daqueles que apodrecem como um pedaço de carne entre os dentes. Não voltei mais ao acampamento.

Martinidad veio muitas vezes para me buscar, mas com uma desculpa ou outra, fui escapando dos convites. Nunca me pediu explicações, e eu sempre fui relutante a dá-las. Tampouco em casa houve qualquer tipo de preocupação. Alguma coisa havia se rompido entre nós. A magia caiu pelo barranco até formar um lodo escuro na água.

Com o tempo, soube que havia mudado sua casa para rio abaixo. As notícias que chegavam depois eram sempre amargas. Assediado por fantasmas que voltaram, ficou cada vez mais encrenqueiro, preso à cachaça brasileira, às más recordações e às intempéries. Já nem lembro como me chegou a notícia, mas não puder evitar o choque quando escutei que o encontraram morto no rio.

O mergulhador

Passaram-se muitos anos até que eu pudesse chorá-lo. Muito tarde compreendi que não devia ter lhe soltado a mão naquela vez. Então eu não sabia que estávamos os dois à deriva, cada um em sua peleia contra a solidão. Mas minhas feridas estavam muito vivas para perdoar outra ausência.

Anos depois, ao cruzar com as palavras do Evangelho de São Mateus, lembrei do cartaz escrito sobre um trapo em cima da cama e soube que aquele homem havia marcado minha vida. Os anjos carregam tantos defeitos que às vezes tapam suas asas. Dizem que, bêbado, caiu na água e terminou enredado em seu próprio espinhel. Eu penso que, afinal, as próprias misérias lhe agarraram, o álcool, as balas, os mortos que nunca soube se foram dele ou a mulher com lábios de fel que o empurrou aos braços do mato.

Sei que a primeira luz do alvorecer o encontrou fora da cabana, encolhido entre os cães, o torso nu empapado pelo último sereno.

Terá despertado com os lambidos do barbudo mais velho, sobressaltado, os ossos cheios de umidade, a cabeça dando voltas no redemoinho amarelo da cachaça brasileira.

Ergueu-se lentamente, tiritando de frio, e esquadrinhou entre remelas o acampamento. Descobriu a garrafa a seu lado quase vazia, o palheiro pela metade, o fogo apagado, e compreendeu que, outra vez, o trago o havia vencido antes de chegar em casa, onde um monte de trapos o mantinha longe da morte.

Acendeu o cigarro, aspirou profundamente para aprisionar a fumaça, empinou a garrafa chupando até o último gole e terminou de levantar-se com um salto felino, de rara destreza, incompatível com seu corpo mirrado.

A chalana esperava na boca do rio, melena enterrada no barro, pança transbordante de água escura, sobre a qual boiavam latas vazias, anzóis, plásticos e pedaços de peixe estragado. Enquanto esvaziava a embarcação, como fazia todas as manhãs, Martinidad prometeu a si mesmo destinar a próxima venda de peixes ou de capivaras a calafetar as tábuas, que ainda resistiam, mas já sem forças. Quando ficou seca, carregou a chalana com a pistola, o gancho, o saco de iscas para o espinhel, as boias, cravou os remos violentamente em direção oposta ao vento e avançou.

Pareceu que a punhalada provocou dor no rio, porque se sacudiu como um cachorro molhado.

O sol apareceu desde o alto, um pouco torto.

Martinidad reconheceu em seguida sua primeira carícia e jogou toda força nos braços para chegar ao espinhel antes das piranhas.

Os remos subiam, desciam, jorrando suor.

Recém havia levantado a cabeça depois das trinta e duas braçadas que o separavam do remanso onde instalara o espinhel. Contou as boias amarelas feitas com vasilhames vazios de alvejante e uma careta de tédio se desenhou em seu rosto.

Faltavam as três boias centrais e isso poderia ser sinal de um atolamento de troncos, que significaria um custoso trabalho de desenredar as linhas, além da perda de materiais caros.

Ao chegar à boia grande, que marcava uma das pontas, subiu os remos e, parado sobre a chalana, sustentando-se na base do espinhel, começou a levantá-lo devagar, em braçadas largas, para ver que surpresa lhe escondiam os anzóis dessa vez.

A manhã trouxe uma brisa. Sentiu o espinhel muito pesado, as boias haviam se fundido até desaparecer, indício de uma peça grande. Comprovou que tudo estava no lugar de sempre, sob o assento de tábuas, tensionou os braços arqueando o tronco, com as pernas abertas para manter o equilíbrio, e levantou a linha. Desde o fundo, em um estrondo de águas, emergiu uma coisa escura enredada na madeixa de linhas. Antes da primeira visão, Martinidad se surpreendeu e soltou o linhame. Então, tudo voltou a se fundir.

Decidiu baixar âncora para trabalhar melhor, o coração bateu mais forte, a ansiedade apareceu de repente desenhada em uma grande ruga sobre as sobrancelhas. Agora devagar, conhecedor do rio e de seus mistérios, levantou a corda até ver as boias que voltavam sobre as ondas revoltas. Dessa vez estava atento, manteve-a no alto o mais que permitiram seus braços, e ficou petrificado diante da imagem que surgia. Era o corpo de um homem preso ao espinhel, envolto no emaranhado de anzóis que havia se convertido em uma armadilha mortal. Não podia ver seu rosto, pois boiava de costas, voltado para o fundo do rio.

Martinidad não se alterou. Amarrou a corda na ponta da chalana para impedir que voltasse a se enredar no cadáver e seguiu navegando, sobrevivendo à correnteza. Olhou profundamente para ver se podia reconhecê-lo, enquanto tentava acender o palheiro. O homem calçava botas militares, calça verde de lona grossa e camisa camuflada do Exército, igual à que recebera de presente, há anos, de seu compadre Ángel, o sargento. Sentou-se sobre o banco de tábuas, aspirou profundamente para sentir a primeira baforada de fumo chegando aos pulmões e, ainda que tentasse, não conseguiu lembrar ninguém que tenha visto com aquela indumentária. Descobriu que o desgaste do salto de uma das botas era igual à produzida, nas suas, por uma mal curada fratura da perna esquerda. Pensou que podia ser algum bronco de águas acima, surpreendido pelo rio, ou alguém que tivessem matado em algum ajuste de contas.

Examinou cuidadosamente a camisa do morto. Bem abaixo do peito, no meio das costas, encontrou um remendo tosco feito com náilon de pescar, com pontos sem direção e uma costura matada. Observou que nos punhos faltavam botões e que na calça haviam colocado outro bolso, como ele mesmo fizera na sua para guardar munição em dia de caça.

A rabeada de um dourado caçando contra a correnteza tirou-o de suas cavilações.

O sangue voltou a correr sem pressa pelas veias e a ruga sobre as sobrancelhas desapareceu sem deixar rastros.

Com o gancho da vara trançada, girou devagar o corpanzil do homem, quase docemente, como quando se chama um amigo.

O sol agonizava sobre o monte. Seriam já perto das seis. Os soldados da Guarda Costeira avistaram de longe a chalana, que balançava, encalhada, no meio do rio. Chegaram com a lancha até tocá-la. Foi quando viram o homem morto, a cara ao vento, agarrado ao último espinhel.

O oficial colocou o gorro na altura do peito e sussurrou quase para si mesmo.

– Pobre Martinidad, o rio o levou, afinal.

A avó Giralda

Nos dias de vento norte, o rio se põe áspero, imprevisível, de lombo eriçado como um gato. Assim andava eu desde que deixei para trás Martinidad e seus fantasmas. Mal-humorado e fora de lugar, reagia com ímpeto desconhecido ante qualquer provocação. Me meti muitas vezes em disputas por defender coisas que nem sequer importavam. Uma bolinha de gude que não entrou no buraco, um pião lançado fora do cercado, aquele chute que não foi gol, a risada do louco Fabián tirando sarro da Cala, tudo era motivo para extravasar a raiva. Então saía no pau, dava empurrões, proferia xingamentos baixos, ameaças. Lambi o chão, comecei brigas em recreios modorrentos, rasguei o guarda-pó do Chelo Toledo para ganhar uma aposta e voltei a ser aquele tipo insuportável que nenhum professor queria ter.

Essas ações de guerrilha me afastaram do rebanho. Todos viam com desconfiança meus atos arriscados, as provocações que saíam do nada, sobressaltos que me deixavam sempre às margens de um desfecho inesperado.

Então todos foram se afastando, agora entendo, não por falta de afeto nem por medo, mas apenas para não se envolver em minha desesperança. Poucos falavam comigo na escola. Temerosos pelos cantos, meus parceiros alimentavam sem dizer um pacto de silêncio que, no começo, não me importava, mas depois começou a doer; um vazio cheio de palavras escondidas.

Em meio a essa indiferença, acho que tentei buscar uma luz. Só que minhas zonas de claridade estavam profundas demais.

Numa tarde, na saída da escola, o filho mais velho dos Cardozo cruzou o caminho daquela raiva que andava me consumindo por dentro. Nos engalfinhamos não sei por quê, rodeados por uma turma que festejava aos gritos cada golpe. Cegos, nós dois rolamos pelo chão entre espinhos e pasto, bufando, atiçados por um rancor que nos empurrava sem motivo nem importância. Cardozo não tinha a mesma convicção que eu naquela briga, mas era mais corpulento e reforçado, o que tornou a peleia parelha.

Cada um fazia seu jogo sem soltar o outro nem por um segundo.

Até que o diabo pôs suas patas de fauno sobre a tarde. Descuidei-me ao soltar seu braço mais habilidoso e isso foi fatal. Meu adversário me acertou um gancho certeiro no queixo, de cima para baixo, pesado, letal. Senti aquela dor pungente que saiu da boca até golpear o cérebro, a visão ficou turva imediatamente e todos viram quando eu caí com a fragilidade de um espantalho sacudido pelo vento.

Os espectadores gritaram festejando a vitória do grandão, que ria às gargalhadas, o cabelo desalinhado, o jaleco feito em farrapos, os dentes intactos. No chão, provei o sabor terroso do meu próprio sangue, esse fel com pedaços de alma que brotava dos lábios partidos. Estiquei a mão e encontrei a pedra.

Ali em cima, perto do céu, sob nuvens que formavam uma comitiva ao vencedor, o maior dos Cardozo continuava rindo da minha pobre existência. Então fui pra cima dele, já sem barreiras. Depois tudo virou um tumulto, corridas, gritos, insultos. O cara desabou, o sangue que jorrava aos borbotões de sua testa cruzou entre minhas pernas até sujar o chão. Fiquei petrificado, a arma ainda na mão, a boca ensanguentada e inchada.

Não pude sentir alegria ao vê-lo dessa maneira, tão frágil e quebrado. Fui invadido por uma brutal sensação de vazio, esse pedaço viscoso das vitórias sem serventia que escondem quase todas as derrotas.

Não sei de onde saiu tanta gente. Apareceram aos bandos, todos me apontando o dedo, sem se importar que eu também sangrara pelos dentes. Mesmo que o corte não tenha sido tão profundo, o sangue invadiu toda a cena e o Cardoso mais velho acabou se transformando, de repente, em uma espécie de mártir escolar, vítima de "um guri que não está bem da cabeça".

Dessa vez a Polícia, na pessoa do Comissário Silvestre, falou longamente com meu pai e o castigo acabou sendo proporcional ao dano causado. O chicote de duas pontas voltou a estalar seu silvo maldito.

Não quero pisar outra vez sobre demônios. É melhor, por vezes, deixar as cicatrizes em silêncio, escondendo a podridão.

Depois do sucedido, não voltei mais à escola, as aulas estavam próximas de terminar e minha condição física não era das melhores para andar entre as pessoas. Além do mais, estava proibido de sair à rua, por isso me dediquei a ver dezembro passar desde a sentinela do cinamomo gigante, que nessa época se oferecia, frondoso, a esconder minhas pernas marcadas, de condenado.

Foi muito próximo do Natal, lembro porque haviam começado os ensaios para o Presépio Vivo do padre Pancho, que sempre foi um acontecimento especial no vilarejo. A mãe se aproximou do tronco da árvore onde eu havia instalado meu ninho e gritou entre os galhos que no dia seguinte iríamos à casa da avó Giralda.

A notícia me surpreendeu. Eu a havia visto uma única vez em minha vida e sabia que vivia muito longe, do outro lado da fronteira. Giralda, descobri depois, era, na verdade, avó de meu pai e estava radicada há muitos anos em uma cidadezinha enfadonha em algum lugar do Rio Grande, cheia de casinhas de madeira e de ruas de pedra e que vivia das plantações de arroz.

Chegamos à noitinha. A casa era idêntica a todas as outras, só se diferenciava por duas palmeiras enormes que guardavam a frente como cães de guarda no vento. Nos recebeu uma anciã de aspecto sério, cabelo grisalho, luto fechado, cheia de rugas.

Falava um português exagerado, com trejeitos e poses enérgicas, o que tornava mais fácil entendê-la olhando seus movimentos de mão ou decifrando a tagarelice através do seu corpo pequeno, que a fazia irresistível aos olhos que a escutavam. Nos fez passar a uma sala dominada pelo cheiro da fumaça do fogão a lenha. Tinha uma mesa e quatro cadeiras, um aparador cheio de enfeites e as paredes cobertas de quadros de santos e esculturas de cerâmica brilhosa. Chamaram minha atenção o palheiro entre os dedos, os dentes amarelos pelo tabaco, e a corrente brilhante que pendia de seu pescoço. Apoiava-se numa bengala lustrosa, certamente entalhada por uma mão pobre e sem talento, o que lhe dava uma rara distinção entre as coisas simples.

Notamos desde o princípio que não estava nem um pouco contente com nossa visita. Ao cabo de alguns minutos me mandaram conhecer o pátio, onde reinava uma parreira com as uvas ainda verdes. As plantas exuberantes e os pássaros de gaiola, que cheguei a contar mais de vinte, faziam daquele mundo além da porta dos fundos um bosque cheio de trinados que pareciam invenção. Andei por ali, xeretando pelos cantos, até que minha mãe me chamou para informar que eu iria passar uma temporada com a avó Giralda.

Somente ali descobri que a tal viagem era parte de outro castigo exemplar e maldisse em silêncio o Cardozo maior por ter me provocado aquele exílio. As palavras outra vez ficaram sem alento, atoradas em algum lugar dentro de mim.

Apesar de estar muito cansado, nessa noite não pude me conciliar com o sono. Me invadiram lembranças da vila, as ruas desparelhas, os banhados depois da chuva, o rio sinuoso dos entardeceres e o cinamomo gigante que escondia todas as minhas verdades. Do lado de fora havia ruídos de grilos estranhos, o vento golpeava os postigos contra a janela, a escuridão era outra, mais profunda, mais cheia de vazios e com a cara marcada dos que escondem segredos insondáveis, parecida com a avó Giralda. Certo frio diferente percorreu meus ossos, com a sanha de uma adaga afiada que vai cortando aos bocadinhos para aumentar a agonia. Então senti, pela primeira vez na vida, que havia coisas que me pertenciam e que eu tinha medo de perdê-las. Abracei minha mãe, que roncava na ponta da cama menor, e voltei a sentir o calor que suas asas me davam.

No outro dia a vi ir embora com pressa, quase sem se despedir, o olhar em outros lugares, fugindo daquele adeus. Quando o horizonte a engoliu, ali no final da rua, imaginei que a veria arrependida correndo até mim para me levar com ela. Mas não voltou. Permaneci petrificado, à espera, enquanto a tristeza me rasgava por dentro, pedaço por pedaço, como se fosse uma matilha de lobos famintos.

Fiquei três meses com a avó Giralda. No dia

O mergulhador

seguinte à minha chegada, descobri o propósi-
to de meus pais ao me levarem para tão longe.
Disciplina. Desde que o sol se levantava até ao
anoitecer, sempre havia ordens a cumprir. Ir ao
armazém, ajudar em casa, trabalhar na horta,
traga isso, ajeite aquilo, vá ao Gringo comprar
erva, a escova de dentes não se usa assim, tenha
cuidado com as plantas, não me vá sujar o chão
com esses pés embarrados, as uvas não são para
arrancar, veja bem a que horas comem os passarinhos, agarre forte as tetas dessa vaca que desse
jeito não se tira nada de leite, não faça barulho
com a boca quando tomar a sopa.

Tudo isso dito em um espanhol pesado, daqueles que não se fala há muito tempo.

Vestia-se sempre de preto e não parava nunca
de falar. Os primeiros dias foram insuportáveis.
A distância me encheu de saudade. De noite,
caía derrotado na cama, as mãos rachadas pela
enxada, a dor nos braços, a pele ardendo pelo
sol da tarde. O sono me vencia quase sempre
antes de tirar a roupa, até que, ainda antes do
amanhecer, guinchava a voz estridente da velha
querendo me acordar.

Não tinha forças sequer para sonhar. Cheguei a detestar sua cantilena permanente de res-
mungos e regras, a censura diária contra a esperança, a estúpida falta de alegria que têm os
pobres de espírito. Quando eu não estava perto,
falava sozinha como se estivesse brigando com
fantasmas. Como a minha presença era uma bar-
reira entre ela e a solidão, me destratava todo o
tempo dando ordens taxativas que, no princípio,
eu aceitava sem protestar, mas depois, pouco a
pouco, fui aprendendo a cumprir à minha maneira, devagar e sem remorso.

À medida que se passaram os dias, me re-
fiz do primeiro impacto, os braços deixaram de

doer, secaram as lágrimas e as feridas das mãos, ultrapassei o medo que me paralisava e a minha alma voltou a ser como um cometa insolente. Respondi algumas vezes de mau humor, cansado de receber xingões, e essa atitude, longe de ofuscá-la, foi suavizando pouco a pouco suas palavras. Comecei a vê-la de um jeito diferente, com certo lado luminoso que, confesso, não havia notado, uma fragilidade camuflada que escondia naquele luto permanente. Eu não tinha intenção de gostar dela, nem nada parecido, mas me surpreendi algumas vezes olhando-a quase sem nenhum resquício de ódio.

O Natal e Ano Novo passaram melancólicos, apenas uns rojões barulhentos e poucos fogos de artifício inundaram a noite da minha nova fronteira.

Numa dessas tardes, depois do árduo trabalho na horta, estava sentado sob as palmeiras esperando o entardecer quando vi se aproximar um negrinho magro, calças arregaçadas até os joelhos, uma camisa listrada tão grande que parecia não ser sua. Descalço, com os pés tapados de barro, o cabelo carapinha cheio de pasto, um sorriso ocupando toda a cara. Carregava uma bola de pano embaixo do braço. Falou comigo em um português muito rápido e entendi, não sem alguma dificuldade, que sua intenção era me convidar para jogar bola. Disse que estava sem vontade, para esconder que não tinha permissão, em poucas palavras e com gestos exagerados. O negrinho me olhou surpreso e falou, dessa vez vagarosamente, arrastando sua voz peculiar de malandro. "Casteiano", como preferiu me chamar até o último dia que o vi em seus territórios do outro lado da fronteira.

Assim nasceu a amizade com o Escalada, a quem aprendi a gostar mais além das palavras.

O mergulhador

Não tinha mais idade que eu, mas a rua o havia ensinado a se esquivar dos golpes da chuva. Nos tornamos cupinchas imediatamente, ainda que a avó Giralda nunca tenha gostado dessa relação. Dizia com desprezo que aquele negro vagabundo não era boa companhia. Ao Escalada pouco importava. Parecia não ter medo de ninguém, como se o vento que arrasta os descalços tivesse apagado dele todo resquício de tristeza, deixando a salvo apenas a excessiva alegria e o encanto. Desenvolvemos uma divertida forma de comunicação, ríamos muito do sotaque um do outro, exagerando algumas palavras para estender o momento. Tinha a música brasileira nos olhos e o carisma natural dos imprescindíveis.

Pouca coisa pude saber do Escalada, a não ser que era um entre doze irmãos, que seu pai trabalhava como taipeiro[2] em plantações de arroz e que mal conhecera a mãe, morta de tétano quando ele tinha dois anos. Estava sendo criado por uma madrasta que gostava muito dele, embora não lhe desse nenhum privilégio. A rua era seu reino.

Deixou a escola antes que a escola o deixasse, e passava todo o dia pra lá e pra cá, brincando disso, inventando aquilo, sempre em uma aventura incerta. Era muito diligente e loquaz, razão pela qual acabou muito considerado por todos os vizinhos, que lhe davam afazeres em troca de um prato de comida quente ou algumas moedas.

Na manhã em que dona Giralda desencavou a bicicleta do fundo do galpão, o Escalada surgiu do nada, como se soubesse que aquele dia estaria cheio de surpresas. Eu já havia visto duas bicicletas em minha vida, a do Pibe e a do louco Boycoa, porém sempre as considerei do univer-

2 Operário que constrói taipas, caminho por onde escoa a água da irrigação em uma lavoura de arroz (N. do T.)

so das coisas inalcançáveis. Embora houvesse sonhado com isso tantas vezes, era a primeira vez que tocava em uma. À minha avó lhe ocorreu vender pastéis no arrozal, e então me apareceu com aquela maravilha que tinha sido de seu marido, esquecida há muitos anos em teias gigantes de aranha e em más recordações.

Me aperta o coração lembrar aquele momento, justo quando as ilusões deixavam de ser impossíveis. No seu idioma, áspero e sem intervalos, carregado de dureza, avó Giralda disse que eu deveria aprender a andar de bicicleta, não importava de que forma, o mais rápido possível. Nesse dia soube que o Escalada seria meu irmão para sempre, porque esteve me incentivando desde a partida, limpou minhas feridas de guerra depois de cada tombo e me empurrou outra vez quando já não me sobravam forças. Apoiado sobre seus ombros, eu tentava subir pela direita, ou pelo lado esquerdo, travando os pedais, baixando o assento, subindo de um salto como se fosse um cavalo, arqueando o lombo, estufando o peito, nas pontas dos pés. Não tinha problema, a rua era um lodaçal logo abaixo. Chorando, mas incentivado pelos gritos do amigo, voltava a me levantar, com raiva e cheio de coragem.

Parei apenas para comer, até que lá pelo entardecer, depois de muitos tombos e hematomas, achei o ponto de equilíbrio e consegui dominar aquele artefato endemoniado, cúmplice do vento.

A partir de então ninguém mais me parou. Meus dias se encheram de alegria outra vez. O vento na cara me trouxe de volta o sorriso, o desejo de me aventurar, a inocência dos onze anos que parecia perdida. A saudade doeu menos, o castigo foi se diluindo com essa nova descoberta.

Palavras, pancadas e ausências viraram cicatrizes e me encontrei, de repente, quase sem vontade de voltar. Colocava cem pastéis em uma cesta de vime encaixada na parte de trás da bicicleta e partia até os submundos do arroz para vender, por apenas dez cruzeiros, um pouco da doçura nascida nas frigideiras gordurosas da avó Giralda.

Nunca entendi como podiam sair manjares daqueles tachos que sempre pareciam sujos, mas eu os vendia como a água que dava vida aos torrões. No dia em que aprendi a cantar sob o chapelão de palha que me protegia, soube que era mais um daquela gente curtida e descobri que a verdadeira felicidade podia andar agarradinha às rodas da minha bicicleta. "Casteiano", gritavam os homens enfiados no barro, e lá corria eu, abraçado aos pastéis, sentindo-me vivo no coração das taipas.

Em um certo entardecer do final de fevereiro, quando voltava para a vila com a cesta vazia, o céu se tapou de enormes nuvens escuras. Apressei as pedaladas para não ser apanhado pela chuva, mas perdi o equilíbrio em uma curva muito fechada e caí entre as pedras. Levantei-me como pude, furioso pela manobra mal feita. Foi quando descobri que a roda dianteira havia quebrado. A noite caiu sobre o campo, engrossada pela cerração, em um céu cheio de trovões. Voltei a subir na bicicleta, mas na queda o pedal havia se torcido todo e já não funcionava mais. Segui então com ela do lado, preso à sua cintura fria, como se fosse minha namorada. O braço esquerdo doía muito, as pernas não podiam mais com o barro das alpargatas e os relâmpagos pareciam punhais na escuridão. De repente, a chuva despencou com gotas grossas que machucavam a pele e faziam arder os olhos. Me certifiquei de que o dinheiro da venda seguia seguro na bolsinha que havia amarrado embaixo do assento, tentei subir novamente e avançar, mas a bicicleta pesava demais devido ao lodo que se grudava nas rodas. Reconheci o lugar onde estava e acabei prostrado ao descobrir que estava muito longe da vila.

Não se via nada, apenas a ausência profunda e a água golpeando meu corpo que tremia.

Fiquei paralisado na tempestade, com um medo diferente dessa vez, que não respeitava fronteiras e tempos. Comecei a chorar aos gritos, incapaz de mover um só dedo, deixando que as lágrimas vistosas saíssem em debandada para se misturarem às poças d'água.

Tudo se confundia com a chuva – a urina, a ausência, o frio – e ninguém podia reprovar minha fraqueza. Tive vontade de voltar aos esconderijos de minha casa, subir no cinamomo gigante, escutar os roncos da minha mãe, sentir os passos do meu pai abrindo o portão, era tão lindo defender Marcos, o pequeno diabinho, ou simplesmente saber que Siomara e Rosita eram minhas irmãs, mas estavam tão longe – o país, o rio, a vila, tão distantes nessa noite espessa.

Um raio cortou o horizonte e de repente os vi. Um de cada lado da bicicleta. Um sinal dos céus no coração da noite. Dois cachorrinhos brancos, branquíssimos, que saíram do nada e pararam ansiosos olhando o caminho. Tinham o mesmo pelo curto, o rabo atorado, o focinho fumegante. Eram pequenos, olhos de porcelana, e a chuva parecia que não os atingia. A mais pura sensação de paz surgiu e me desapertou a garganta, os ossos deixaram de tremer, o braço, a perna esquerda, tudo doía menos, e saí outra vez a caminhar, com a dignidade de arrasto, como se a simples companhia dos cachorros fosse toda a força de que precisava para sobreviver ao espanto.

O mergulhador

Andamos juntos até que as luzes tímidas da cidade se transformaram numa realidade pegajosa através das lampadinhas amarelas. Assim como vieram, os cãezinhos se foram, deixando sua presença nos meus olhos molhados. A avó Giralda me esperou com um pesado desaforo pelo meu atraso e pela bicicleta quebrada. Entreguei o dinheiro da venda e corri para o meu quarto, trocar de roupa. Não quis responder a ela. A essa altura, de tanta pedrada na cabeça, já havia aprendido que, se não podem te atingir, as palavras terminam sendo somente palavras.

Quando, no outro dia, contei ao Escalada da estranha aparição dos cachorros, o negrinho apenas sorriu para que seus dentes continuassem provocando inveja. "Casteiano, tu tá bem louco, não é?", disse ele com cara de assombro, e se foi a galope procurar outra história que, pelo menos, tivesse algo de verdadeira.

No início de março, quando o outono havia começado a dar mostras de sua avalancha amarela, minha mãe apareceu para me levar de volta. Chegou perto das seis, fraca e cansada, mas sem que sua beleza tenha sido afetada pela viagem. Cumprimentou a avó, me deu um beijo na bochecha e ordenou que eu juntasse toda a roupa porque iríamos partir de madrugada. Eu estava feliz, vivendo aquele sentimento novo de reencontro, mesmo que não tenha podido abraçá-la como havia sonhado durante sua ausência. Nesses momentos cruciais em que o coração pede um abraço, eu sempre acabava sem mãos. Nessa noite fui para a cama bem cedo, cheio de lembranças, mas esperei acordado, em silêncio, que ela, enfim, dormisse a meu lado para acariciar seu cabelo.

Em plena madrugada fomos até a parada do ônibus que nos levaria de volta. Certamente, minha mãe já havia se despedido da avó, que nem se levantou para nos cumprimentar. Não me importei. Nos meses em que estive na casa dela, jamais houve tempo de obter sequer um pouco de carinho.

E quando chegamos à rua, a felicidade me fez pular de alegria, mesmo que estivesse deixando para trás a bicicleta dos meus sonhos, o aroma proibido dos pastéis e o canto do Escalada, arrastando a língua para imitar minhas palavras. Foi doloroso o adeus a outro amigo, mas o tempo logo se encarregou de me ensinar que a amizade pode sobreviver a distância e que as histórias verdadeiras se impõem, apesar do ciumento olvido. Não quis olhar para trás para não delatar nenhuma saudade, apenas apertei o passo, agarrei com força a mão de minha mãe e não pude evitar um sorriso malicioso imaginando a cara de espanto da velha Giralda ao descobrir que seus passarinhos haviam escapado.

E tudo por culpa de um desgraçado que deixou as gaiolas abertas.

O LOUCO DAS COSTELETAS

Quando o ônibus de Orlando Beninca se enfileirou entre os buracos, mostrando-me a silhueta do povoado recortado na tarde, senti pela primeira vez a alegria do retorno, essa ansiedade sem barreiras que desmancha aqueles que voltam de um adeus que nunca foi dito. Ainda que tudo estivesse no lugar, percebi que as coisas tinham uma cor diferente. O ar, as árvores, as violetas refletiam a pálida beleza da nostalgia, e até meu cinamomo parecia muito distante no vértice do vento. Tive um instante de dúvida que nublou minha volta. A rara sensação de me sentir longe daquelas paredes de azulejos enegrecidos, o piso de terra, as janelas sem pintura. Parada no centro do quintal, nossa casa me pareceu estranha e vazia.

Fechei os olhos. E logo as recordações voltaram a galope, incapazes de permitir que o esquecimento afrouxasse. Meus irmãos chegaram efusivamente, e outra vez comecei a fazer parte de todas as coisas. A Rosa me disse que eu tinha voltado mais magro, com a voz diferente, como se tivesse envelhecido no verão. Todos rimos enquanto tirava da mochila as poucas roupas que havia levado, e não pude evitar sentir-me diferente porque agora levava comigo um adeus e um retorno.

Entrei correndo pela cozinha e quase bati de frente com sua sombra. Estava sentado no canto da mesa, no lugar que era reservado a meu pai, treinando as cinco-marias com uma habilidade misteriosa, alheia a suas mãos enormes que se moviam rapidamente, como duas bailarinas gordas sobre o tablado.

Não pude fazer outra coisa senão olhá-lo longamente, embevecido pela elegância das pedras que acatavam sem pressa as ordens e pareciam voar até perto dos olhos para voltar a se esconderem entre seus dedos. Uma mecha desproporcional maculava a cara com a barba por fazer e inclinava sua cabeça para a esquerda, como se desse lado o cabelo fosse muito pesado. Os olhos, para além das olheiras, eram de um negro profundo. O olhar parecia perdido, cheio daquele lastro taciturno dos cansados de tanto procurar, e um cigarro apagado repousava sobre a orelha direita. Costeletas enormes, aparadas com esmero, terminavam no queixo até quase se juntarem e lhe davam um ar solene, como se viesse da Idade Média.

Me deu medo. E ele pareceu perceber, porque parou em minha frente e me surpreendeu com um abraço apertado. Foi quando me bateu o cheiro lamacento que brotava do seu corpo, cheiro de quarto sem janelas, cheiro de tabaco rançoso e de suor vencido. Nesse momento descobri que vestia a camisa xadrez do meu pai e as inconfundíveis calças com suspensórios do vizinho Florêncio. Se não fosse pela ausência do chapéu, podia jurar que o espantalho do sítio de dom Barreiro havia ganhado vida.

Era a primeira vez que o via, mas reconheci logo a careta de espanto que o acidente havia marcado no seu rosto. O homem cheio de assombro que não parava de se mexer era o tio Amado, um dos irmãos de minha mãe, a quem conhecíamos apenas por uma das tantas versões que geraram sua tragédia. Parecia ter o sorriso pendurado na boca sem dentes, aberta de par em par. O nariz achatado, com a cartilagem de boxeador, se esforçava em vão para despontar entre as bochechas. Fiquei com os braços baixos, sem resposta nem freio, e a única coisa que pude sentir foi uma ternura desoladora, de pele e de sangue, sobrevivente ao medo inicial.

Desde aquele dia ficamos inseparáveis. Passávamos tanto tempo juntos que as memórias daquela época estão cheias dessas ocorrências. Aprendi a traduzir os espasmos dos gagos, a esperar as poucas palavras que saíam aos trancos, como se a voz tivesse sido sacada do fundo de uma garrafa quebrada. Amado era uma criança grande presa a um corpo que já não era dele. Ao vê-lo assim, com olhos extraviados, unhas grandes fuçando o nariz, a expressão alheia à sua volta, era difícil imaginá-lo anos atrás, quando se sentia o rei das estradas no volante do lendário Leyland, e as gurias suspiravam quando ele passava, antes que a rodovia acabasse com quase todos os seus encantos. Os homens que o encontraram disseram que apenas respirava, parecia ter vários ossos quebrados e que o sangue vertia de forma abundante de um talho sobre a sobrancelha direita. Depois de meses de internação, acordou uma manhã. Diferente para sempre.

No início o povo o recebeu receoso, mantendo a distância com que geralmente saturaniza os diferentes, mas aos poucos foram aceitando-o até baterem de frente contra sua luz.

Um dia, cheguei no armazém do Banderas para comprar sua irresistível mortadela[3]. Sempre era uma festa entrar no galpão sonolento, coberto pela penumbra, onde conviviam teias de aranha, sapatos e verduras. Não havia nenhuma placa que o identificasse, mas todos sabíamos que se chamava O Cinema, porque um sábado por mês, quando caía a noite, aquele lugar com cheiro de cebola podre e de veneno para formiga se convertia em uma

---

3 "mortadela bocha" no original, típico embutido platino de peças largas equivalentes, no Brasil, à mortadela Bologna (N. do T.)

sala de projeção onde passavam os grandes filmes. Esse sábado ansiado era, sem dúvida, a noite mágica de Dary Vargas, um moreno magrinho, penteado com brilhantina, de calças largas e sapatos de verniz, o único capaz de manejar o projetor de 16 mm e que encantava as garotas da vila com seu insuportável cheiro de lavanda e suas mãos hábeis. Como não havia cadeiras para todos, as crianças ficavam na frente, sentadas no chão e instruídas pela ordem marcial de ficarem em silêncio. Às vezes, aparecia um borracho que vinha procurando outro bar, ou então se achegava algum cusco atraído pelo perfume das linguiças. Aí se parava a função, as luzes se acendiam, a Polícia entrava em ação e o grande Dary Vargas, sem perder a expressão compreensiva, voltava a demonstrar sua habilidade para seguir costurando a história com a clara determinação dos eleitos. Lá de casa iam todos, menos o pai, que ficava a matear na solidão da cozinha porque não lhe interessava a fantasia projetada num lençol, ou então porque preferia ver o filme por meio do nosso relato maravilhado, que sempre durava vários dias.

Grande parte da vida das pessoas passava por aquele armazém. As notícias chegavam no ônibus das seis e corriam pelo grande balcão de madeira lustrada, onde o galego Banderas apoiava os cotovelos para dar-lhes a confirmação ou o desmentido que necessitavam. Parafusos, salaminhos, bolachas, relógios de parede, roupas empoeiradas, fidelines[4] petrificados, anzóis velhos, sapatos de bico reforçado e até minhocas cultivadas nos fundos da casa, perto do tanque de lavar roupas. Tudo era possível encontrar na-

---

4 Antiga marca comercial de uma massa comprida e muito fina utilizada para compor caldos, geralmente de frango. Com o uso, passou a designar o produto em si. Também conhecida por "cabelinho de anjo" (N. do T.)

quelas estantes cheias de pó, cheias de enfeites inúteis e histórias gastas.

Na tarde em que cheguei para comprar meio quilo da mortadela guardada no pote de vidro, a salvo das moscas, não havia ninguém no armazém. Banderas esperava atrás do mostrador, a careca reluzente à luz da lâmpada, os óculos a ponto de caírem do nariz devido ao suor, um avental surrado tentando em vão proteger a camisa também gasta e o lápis de anotar as compras no caderninho do fiado, com a ponta afiada, sempre pronto para saltar como um assassino, à espera atrás da orelha direita. Fatiou a mortadela sem tremer, demonstrando sua conhecida precisão de cirurgião, e o envolveu em um papel gorduroso. Fiquei na ponta dos pés até chegar à altura do balcão para alcançar-lhe a caderneta. Foi quando senti aquele hálito pesado, mistura de perfume barato, charutos velhos e álcool que delata os bêbados que não parecem bêbados.

O homem sorriu por trás dos óculos e perguntou à queima-roupa pelo "louco das costeletas". Fiquei mudo um instante, surpreso com a pergunta, enquanto a raiva foi me invadindo todo, do estômago até os ossos.

Desde que tenho memória, a paixão sem barreiras tem sido minha perdição. Ergui o pacote por cima do balcão com um movimento rápido e a mortadela atingiu em cheio o peito do gordo de cara espantada. Dei as costas a ele e saí ligeiro dali, mas antes de cruzar a porta, virei para olhar bem na sua cara e despejei a raiva trancada na garganta. "Se chama Amado e é meu tio", gritei, e a voz saiu diferente. Depois corri para casa, embora ofegante pela raiva, e disse para minha mãe que não tinha mais mortadela no armazém do Banderas.

Aos poucos se tornou meu parceiro. Me seguia por todo canto e isso me agradava. Teve o privilégio de conhecer meus esconderijos no rio, cheguei a lhe emprestar meu pião de pau d'arco esculpido por Martinidad e até lhe ensinei os segredos da funda infalível que havíamos descoberto com o gringo Emilio, fabricado com forquilha de pitangueira verde, couro de sapato velho e câmara de bicicleta. Era engraçado vê-lo, inutilmente, tentando acertar uma pedrada. Muito inábil para mexer as mãos, complicava uma tarefa simples até golpear-se com a própria pedra. Também fui encontrando lugar para ele em nossas partidas de futebol, onde, a princípio, ficaram ressabiados, devido à sua altura e à pouca habilidade, mas depois, quase na porrada, o adotaram como parte do grupo com o posto garantido de goleiro, já que nunca sabia para que lado do campo deveria chutar. Apesar de seus trinta anos, terminou sendo mais um entre a gurizada.

Na noite em que comecei a entender algo sobre o instinto de amar e a loucura, essa noite de amarguras estranhas e sensações descobertas, quando senti de verdade o quanto gostava dele, estávamos jogando cartas na mesa da cozinha. Marcos circulava ali por perto, o insuportável, tentando grudar-se no jogo sem permissão. Não sei em que momento tudo veio abaixo. Primeiro escutamos a batida, que retumbou na parede até fazê-la tremer. Depois os gritos de minha mãe, um soluço e o tumulto que vinha da sala onde parecia ter desabado uma tormenta.

Pensei logo numa briga de cachorros dentro de casa e corri até a porta que dava para a copa. Nesse exato momento meu pai levantou outra vez a mão.

Rosita, no chão, cruzou as mãos para proteger a cara. Vi o sangue brotando de seus lábios cortados. Não me aguentei mais. Pulei entre as cadeiras com os pés para a frente e acertei em cheio as costas do meu pai, que não esperava o golpe e caiu com todo seu tamanho sobre as plantas que enfeitavam a sala. Os vasos floridos feitos de garrafas de plástico rodopiaram pelo piso, mostrando a raiz dos coléus. Em plena queda, esticou o braço para tentar se apoiar em alguma coisa, mas só encontrou a manta de bordado que enfeitava a mesa – e com ela levou todo o resto. O elefante de louça, que há anos ostentava sua etiqueta amarelada amarrada à tromba, os cinzeiros gêmeos que foram presente da tia Lídia no casamento, o vaso de cerâmica chinesa, cheio de flores murchas que deixaram um cheiro de podre ao derramar a água pelo chão.

O ar se encheu de um silêncio saturado, como uma bola de fumaça pronta a explodir. Minha irmã Rosita aproveitou a confusão para fugir, apavorada. E eu fiquei mais uma vez paralisado. Meu pai se refez do tombo e veio pra cima de mim. Não o esperei. Não pude mexer minhas pernas, tinha os dedos de ferro e o corpo pesava muito para que conseguisse fugir.

A lua não apareceu nessa noite. Justo agora se escondeu nas nuvens, pendurada como um balanço torto na escuridão. Tenho os olhos fechados. Com certeza, virá o golpe que terminará com a noite, meu rosto sem culpas, meu repentino atrevimento. Aperto bem as pálpebras para ver se encontro algum brilho nessa imensidão. Se haverá alguma coisa onde possam se agarrar minhas mãos de remar. Mas já não resta nada por detrás dos vidros. Nem sequer estrelas. O golpe virá, inevitável. Não sei se com a mão aberta ou fechada. Não sei. A rua está tão escura lá fora, as poças d'água balançam com o vento que sopra e há cães que latem para nada, como se apenas eles enxergam o fantasma que desce dos telhados. Espero. Menos mal que a Rosa escapou e o choro da minha mãe é um lamento – apenas um gemido de asma e de frio.

Pelo menos tenho um motivo para estar contente. Hoje soltei a pomba que havia encontrado há dias na barriga de um gato faminto, quando voltava da escola. Tremia entre as macegas com uma asa quebrada. Foi uma algazarra quando cheguei em casa. Marcos conseguiu uma caixa de sapatos e colocamos grama e água, como se ela fosse uma vaca. Todos queriam tocar suas asinhas quase peladas, dar-lhe comida no bico, provocar o resmungo que soltava quando se sentia ameaçada. Por uns dias, andamos apenas às voltas com a pombinha perdida, cegos pela pobre arrogância que pinga sempre que tomamos parte da aventura de prolongar a vida. Quando vi que ela começava a ensaiar novos voos, trêmula como um teco-teco que não termina de decolar, me senti feliz. Aquela pomba assustada havia conquistado o direito de percorrer o céu com suas asas novas.

A lua, com certeza, segue sem aparecer sobre os telhados. Sinto um golpe seco, a madeira quebrada pelo vento. Abro os olhos devagar, mas tremendo. Vejo o tio Amado no chão, boca para baixo, sacudido por uma convulsão violenta, as pernas rijas, o corpo fora de si, como se tivesse recebido uma descarga elétrica. Tem os olhos muito brancos, o rosto arroxeado, a língua trancando o ar da garganta, a aura rota dos afogados.

Depois do susto, meu pai reage. Já está no chão, gira o torso do tio com suas mãos grandes de apertar porcas embaixo d'água. Tenta colocar a língua de volta em seu lugar. Se desespera. A mandíbula de Amado está dura como uma pedra. Marcos está paralisado. Minha mãe chora abraçada a Rosa, que voltou. Lá fora, os cachorros querem romper as correntes.

Depois de usar toda a sua força, exausto e com os dedos sangrando, meu pai consegue, enfim, controlar a situação, seu corpo vai cedendo lentamente até ficar calmo, como que descansando sobre o piso frio que, faz um tantinho apenas, o tinha visto enlouquecer. Pouco a pouco tudo vai voltando ao seu lugar. A manta, os rostos, as flores. Se não fosse pelos pedaços de cerâmica, que agora são recolhidos com a vassoura do pátio, ninguém diria que ali acabara de cair uma tempestade.

Demorei até a chegada da noite para compreender o ato de amor que havia ocorrido em frente a meus olhos fechados. O tio Amado, entre mim e meu pai, para evitar o golpe.

O tio Amado no chão, sacudido pelas convulsões, apenas por me salvar da dor ou da tragédia.

Poucas vezes me senti tão verdadeiro. Imediatamente descobri que não estava sozinho.

Depois daquela inconsciência, que, todavia, me sustenta em dias de fraqueza, o tio Amado seguiu espalhando sua indecifrável loucura por todos os cantos da vila.

Entrincheirado na peça dos fundos, podia fumar à vontade, soltar a voz para a mesma canção de sempre, sem pressões nem horários, longe, muito longe da tristeza e do esquecimento.

O pai tinha cada vez mais receio. Notava-se seu desgosto crescente pela presença de tal cunhado em nossa casa. Jamais o havia considerado um membro da família e nunca lhe dirigia a palavra. Às vezes, naquele tom inquisidor, entre engraçadinho e grotesco que usava quando queria mudar as coisas, sugeria a possibilidade de um mergulho devido ao bodum do tio, porém o fazia por intermédio da mãe, sempre permeável aos aborrecimentos. Mesmo assim, o tio parecia nem notar aquele desprezo. Resistia silenciosamente, alheio à indiferença do rei, cada vez mais longe de um banho. Quando a convivência se tornou insuportável, não houve mais remédio que obrigá-lo a passar pela água. As costeletas já formavam uma barba espessa, os cabelos lhe caíam sobre os olhos, tapando as sobrancelhas, e a roupa havia se convertido em farrapos. Foi uma tarde incrível. Minha mãe lhe alcançou pela janelinha do banheiro o sabão de lavar a roupa, navalha, um cortador de unhas, toalha e roupas limpas, numa espécie de cerimônia, com um certo orgulho malicioso na cara, como se o estivesse armando para ir à guerra. Suspendemos os jogos e ficamos em silêncio, sentados nos bancos de pedra do quintal embaixo da parreira, os dedos cruzados e o cenho franzido de quando se esperam as notícias importantes.

Depois de muita demora, ele apareceu na porta por trás da nuvem de vapor, com a pele envolta pelo cheiro adocicado dos enamorados. Tinha o cabelo penteado para trás, calças jeans recém-passadas e um pulôver de algodão azul, impecável, combinando com as alpargatas novíssimas. A barba havia desaparecido, ainda que vários talhos na pele denunciassem o pulso trêmulo no espelho embaçado. O cachorro da dona Clelia veio cheirá-lo e rosnou, como se o tio fosse um desconhecido. Ninguém podia dizer uma palavra. O momento nos aprisionou, indefesos a tanta ternura, numa teia de aranha da qual não queríamos escapar.

Então deu alguns passos, examinou o próprio corpo sem se reconhecer, levantou os braços em sinal de vitória e nos presenteou com aquele sorriso único de sua boca sem dentes e sem remorsos. Irrompemos em um aplauso desaforado e saímos em debandada para seu abraço, festejando o cheiro da sua nova fase e saboreando, juntos, a pobre vingança do motorista que havia ficado para trás.

Mais tarde, em cima de um dos galhos novos do cinamomo, vi meu pai perto do galinheiro atiçando o fogo enquanto queimava as roupas. Nessa hora em que o sol vai se enfiando de metido no horizonte, dava para vê-lo encurvado, um pouco mais velho do que era mesmo. Sorria. Era lindo observá-lo mergulhado nessa aura de alegria, ainda que apenas nós, meu cinamomo e eu, pudéssemos sentir essa carícia luminosa.

O tio passou mais um tempo lá em casa, até um pouco depois da minha partida.

A última vez que tive notícias de sua existência soube que o haviam internado em um lugar para pessoas especiais, porque seu estado regressivo era irreversível.

Volto a olhar o desenho que ele me passou através da janelinha quando meu último ônibus partia.

Ainda que esteja manchado agora, os dois meninos seguem de mãos dadas, com o sorriso intacto, olhando o caminho.

Homem sem medo

Igual a cada manhã há nove dias, atravessei a porta vaivém de vidro ainda um pouco remelento, com a noite mal dormida pregada nas costas, os ossos pesados de dormir encolhido como um novelo em cima de uma cadeira. Como dormem, aliás, os cuidadores dos doentes.

O frio da rua me sacudiu a cara, aumentado pelo maldito nevoeiro de agosto, ainda sobre as árvores. Cumprimentei o vigia do bigodão, desta vez sem me deter para conversar, com o passo ligeiro rumo à padaria onde me esperavam os manjares de creme e doce de leite que davam outro sentido a meu pobre café da manhã hospitalar.

A avenida era larga, cheia de gente, cortada por um canteiro central repleto de plantas sem flores. O fluxo de veículos era intenso, apesar da hora. Cheguei até à metade e me detive a esperar que os carros passassem. Quando a sinaleira indicou o verde, saíram todos em debandada como cavalos ansiosos por deixar para trás o partidor. Indisposto, escondi as mãos na japona para não sucumbir à sedução do cigarro, olhei através dos arbustos do outro lado da avenida e imediatamente o vi.

Estava na parada do ônibus, olhando a vitrine da padaria. Não podia ser mais ninguém. Tinha o rosto ossudo, a barba por fazer, os olhos saltados de tanto procurar assombrações, aquelas sobrancelhas espessas que antes causavam risadas. E, mesmo que um cachecol o cobrisse, podia imaginar seu peito inflado, de gringo imprevisível. O coração acelerou de repente, descompassado, sem saber para que lado jogar sua alegria.

Ao longo dos anos, havia falhado tantas vezes em buscar pistas suas entre as pessoas que esperei cruzar até o outro lado da rua para me mostrar. Esse instante de dúvida foi fatal porque seu ônibus chegou e ele subiu sem pressa, misturado aos outros passageiros. De muito perto, no meio do canteiro, comecei meu repertório de gritos e sinais para ver se chamava sua atenção.

Quando o ônibus passou na minha frente, alguma coisa deve ter lhe alertado, pois enquanto buscava um lugar vazio na metade do carro, ele levantou os olhos e estou seguro que me viu pela janelinha, correndo na avenida como um louco, com os braços esticados. Observei distanciar-se até a outra esquina, onde a sinaleira o deteve. Então não tive dúvidas: parei o primeiro táxi que passou e pedi que seguisse aquele ônibus por entre as ruas da cidade.

Sentado no banco de trás, vendo passar muros descascados e casas desparelhas, me invadiram as lembranças da infância, quando a alegria girava nas rodas de uma bicicleta, a felicidade tinha nome de cachorro ou de amigo e as tristezas morriam nas risadas, sem pompa nem culpa. O motorista quis me falar sobre os últimos resultados do futebol, do clima, do lixo acumulado e até do motivo da nossa perseguição. Não respondi. Seguia em cima da minha chalana cortadora de águas, lá pelo rio do povoado sossegado, nos dias em que a verdadeira vida me corria pelas veias e eu nem sequer sabia disso.

Por fim, o ônibus se deteve em uma rua central e o vi descer com sua mochila cinza.

A cidade, embora encoberta pela bruma, era um enxame de gente que passava sem se ver, desviando-se dos ladrilhos soltos das calçadas.

O ar havia sido tomado pelo aroma caseiro dos cafés da manhã. Os rostos seguiam se parecendo, escondidos atrás de um cachecol, difusos na manhã, como reflexos de um espelho embaçado.

Cheguei perto e chamei-o pelo nome. Então voltou-me a cara sonolenta e pude, enfim, encontrar seus olhos depois de tantos anos. Olhou-me longamente, arqueando as sobrancelhas, sem esconder que não podia reconhecer-me, com sua testa delatada pela calvície, um bigode grande demais, que parecia emprestado, a pele queimada dos fumantes empedernidos e essa expressão cansada dos que já não esperam mais nada.

Comecei a lembrá-lo de nossos dias de infância, das caminhadas na beira do rio, da tarde em que me salvou a vida. Eu queria trazer tudo de volta em um segundo, soltar as lembranças sem as manchas que às vezes deixam, no fundo de um copo, as borras do esquecimento. Enquanto tentava mais uma vez levá-lo a navegar na nossa *A Filha da Água*, com a voz tão presa na garganta que quase não podia falar, Emilio me observava de longe, alheio a qualquer emoção, olhando de esguelha o relógio[5] com a inocência cruel dos insolentes, igual a quando driblávamos a enchente trepados na árvore mais alta que havíamos conquistado no rio. Por fim, me reconheceu, ou fingiu, para que eu deixasse de falar, soltou uma tossezinha nervosa que veio depois de um sorriso, e se foi no único momento em que deixou escapar um sopro de nostalgia.

Depois de um aperto de mãos coloquial e sem alma, seguiu seu caminho apressado, quase contrariado, com seu passinho saltitante de anjinho de quintal.

Senti o coração despedaçado, derretendo-se

---

5 "mirando de reojo el reloj" no original, num jogo de palavras sem equivalência no português (N. do T.)

como um picolé no sol. Tive que me segurar na guarita da parada do ônibus para aguentar minhas pernas frouxas.

Umas poucas nuvens de borrasca se entrincheiraram sobre os terraços. Um homem apareceu varrendo o cordão da calçada com sua vassoura de cabo longo. Outro ônibus passou pela parada, abarrotado de passageiros, sem pegar ninguém. Duas mulheres vestidas iguais, de camisetão e calça azul, protestaram aos gritos pelo desaforo. Mais atrás, afastado do rebanho, um jovem esperava sem pressa, escondido na fumaça do cigarro. Olhei Emilio se perder entre as pessoas, meio encurvado pelo peso da mochila, e por um instante esperei que se voltasse para me acenar. Mas nada aconteceu.

Havia se ido sob as luzes mortas da rua, a viver outra vida.

Segui-o por duas quadras, até que uma esquina o desgarrou da minha memória e o levou embora, com sua camiseta gasta, com suas calças de pano demasiado finas, com seu derradeiro cachecol de encobrir sorrisos.

Depois de uns minutos de avalancha, voltei ao hospital, a sentar na cadeira incômoda do quarto, aos pés da cama cheia de aparelhos, vazio de algumas coisas que haviam me sustentado desde sempre, segundos antes de cair na tentação do abismo.

Apoiei minha cabeça sobre as pernas do doente e fiquei assim por um longo instante, paralisado pelo medo de andar à deriva em águas velhas.

Meu pai seguia ali, em um coma irreversível desde que o encontraram inconsciente no banheiro do terminal, apegado a uma sacolinha com poucas roupas e a uma Bíblia gasta. A Polícia me localizou e disse que em sua mão ele guardava, enrolado, o papel onde estava escrito meu nome completo e meu telefone. Recém-chegado à cidade, surpreendeu-o o acidente cerebral que interrompeu sua intenção de me telefonar.

Entrei tateando na sala de terapia intensiva, antes do meio-dia, com o passo cuidadoso dos que andam perto da morte.

A luz borrada por retalhos de sombra nas paredes, o silêncio quebrado somente pelo gotejo do soro, o jasmim que uma enfermeira piedosa colocou em um copo sobre a mesinha, a mais pura solidão.

Tudo me fez sentir em um velório conhecido.

Na pele do velho não restava quase nada do rei dos segredos do rio. Apenas o desejo triste de uma carícia, encoberta no vago contorno do rosto que eu havia tratado de esquecer durante mais de trinta anos.

Queria poder perguntar por que me procurava depois de tanto tempo, se possível jogar-lhe na cara que a indiferença é que é a verdadeira morte, mas as cartas já estavam postas e, no fundo, ele continuava apavorado.

Afinal, hoje me animei. Agora que estamos sós pela primeira vez, fiz aquilo que nunca havia podido fazer. Te beijei na testa, coloquei tua mão murcha entre as minhas mãos e a levei, devagarinho, a percorrer meu rosto numa carícia, essa última ternura de teus dedos de papel.

Sei que sequei minhas lágrimas há muito tempo, por culpa do teu próprio desterro. Mas ainda que os doutores tenham dito que só um milagre te salva, eu sigo aqui, desperto nesta oração desesperada, aguardando para pedir--te perdão e para perdoar-te, e contar-te que há muitos, muitos anos, as pessoas me conhecem como o homem sem medo, que carrega o dom incrível de encontrar afogados.

Luis Do Santos

POSFÁCIO

UMA PÉROLA DA LITERATURA URUGUAIA

Paula Sperb

Foi ainda sob o título *El zambullidor* que a obra de Luis Do Santos me causou o efeito de estar diante de um clássico, capaz de reverberar para sempre no horizonte de expectativa do leitor. Olhava incauta a seção de literatura uruguaia daquela livraria no edifício Pablo Ferrando, em Montevidéu, quando confiei no destaque dado à obra e a trouxe na bagagem para o Brasil.

O impacto da narrativa foi semelhante ao que senti quando li *O velho e o mar*, de Ernest Hemingway, pela primeira vez. Queria que todas as minhas pessoas queridas o lessem também. Comprei exemplares de Hemingway para presenteá-las em datas comemorativas.

Assim como *O velho e o mar*, *El Zambullidor* é breve e profundo. Todavia, ser uma leitora devota desta pérola uruguaia, do tipo que distribui o livro para aqueles que quer bem, esbarrava na dificuldade de encontrá-lo no lado de cá da fronteira.

Assim como acreditei na recomendação silenciosa dos livreiros que colocaram *El zambullidor* à vista, depositei confiança que um bom leitor – como deve ser um bom editor – entenderia minha devoção a este pequeno gigante.

O que o leitor tem agora em mãos é *O mergulhador*, tradução fiel e primorosa feita pelo Flávio Ilha, cujo trabalho duplo de trazer para o português esta bela história e dar-lhe forma editorial é louvável.

O mergulhador é uma prosa poderosa e bela, narrada em primeira pessoa pela ótica de um menino que admira e teme o pai, um homem com o dom de encontrar afogados colocando um jasmim na água e mergulhando fundo onde a flor cessa de se mover.

Agora que ingressa no sistema literário sul--rio-grandense e brasileiro, Do Santos se situa, seja pela força narrativa ou pela temática, ao lado dos nossos melhores nomes. Vem de Alcy Cheuiche uma das primeiras aproximações possíveis. O conto de Cheuiche *Uma vela acesa descendo a correnteza*, publicado primeiramente no *Caderno de Sábado* do *Correio do Povo* (18/02/2017) e ainda não impresso em livro, dialoga diretamente com *O mergulhador*.

Em Cheuiche, dois irmãos aprendem como encontrar o corpo de um afogado colocando uma vela acesa no rio, que estanca onde está o morto. Em Do Santos, a procura também tem esse componente mágico, embora seja uma flor de jasmim e não uma vela acesa. "Meu pai então tirou as alpargatas e a camisa de trabalho e mergulhou com destreza até o ponto marcado pela flor", conta o narrador.

Do Santos também está literariamente próximo de Sergio Faraco e de seu universo fronteiriço, habitado por homens em convívio com uma natureza rude, assim como a infância do narrador de *O mergulhador*. Criança, ele se vê distraído por pescarias, histórias de contrabandistas e a companhia de seu cachorro Titán.

Não por acaso, o conto *Guapear com frangos*, de Faraco, inicia com o afogamento de um tropeiro que decide atravessar o rio, apesar da forte chuva dos últimos dias. O drama humano envolve a busca pelo seu corpo no rio e a missão quase sagrada, uma questão de honra, de enterrá-lo dignamente.

A temática do rio a ser atravessado está ligada àqueles que enfrentam as águas por obrigação ou sobrevivência, como os contrabandistas que aparecem em *O mergulhador* nas figuras dos personagens Tibúrcio de Albuquerque e Pedro Martinidad, este último mais marcante pelo alívio na melancolia que traz para a infância do narrador.

A figura do contrabandista é um elo entre *O mergulhador* e o romance *Perseguição e cerco a Juvêncio Gutierrez*, de Tabajara Ruas. Mas não o único elo. Ambos narram o amadurecimento e o crescimento de um menino no interior. Cada um a seu modo, conduzem o leitor pelos caminhos que levam a uma transição para a vida adulta, que não passa ileso ao que foi vivido no passado.

Em algumas passagens, *O mergulhador* cede lugar para um menino terrível, capaz de incendiar uma casa mesmo que a intenção inicial fosse queimar apenas um gato. Há um grito afônico por trás dessas ações descabidas, que vem de um garoto que precisa dormir sozinho em um galpão, apanha até cair e ressente a falta de ternura da família.

"Um dia descobri como fugir desses momentos de tormenta. Pensava nos bagres da manhã, em lambaris fritos, em balas de açúcar ou em armadilhas para rãs. E então já não existia mais ninguém que pudesse encontrar minha alma", conta o narrador.

Por fim, a obra de Do Santos conversa com o romance *Crisântemo branco*, de Mary Lynn Bracht. A similaridade não está, porém, nas flores, o jasmim e o crisântemo, de pétalas brancas, mas nas marcas que traumas de infância, mesmo que narrados de forma lírica como em *O mergulhador*, imprimem naqueles que os vivem.

A obra de Bracht se passa na Coreia do Sul dominada pelo Japão na Segunda Guerra Mundial.

Uma das personagens é uma *haenyeo*, termo que designa as mulheres mergulhadoras de profundidade para capturar pescados de subsistência.

Mergulhar também era o sustento do pai do narrador. "Seu estranho ofício era instalar esses poderosos canos no ponto mais fundo para melhorar, assim, o rendimento das bombas. Sobre meu pai e seu trabalho se contavam coisas incríveis. Diziam que poderia prender a respiração por mais de cinco minutos e que chegava a profundidades que ninguém tolerava", diz o narrador.

O mergulhador é um livro intenso, verdadeiro e profundamente humano, que, por meio da Diadorim, agora temos o prazer de ler — e de presentear.

Paula Sperb é jornalista e doutora em Letras pela Universidade de Caxias do Sul

Sumário

O mergulhador	7
O avô	19
A Filha da Água	29
Martinidad do rio	39
O adeus do titã	51
A avó Giralda	59
O louco das costeletas	73
Homem sem medo	85
Posfácio	91

Impresso no verão de 2020
na gráfica Ideograf para a
editora Diadorim
Fonte: Palatino Linotype
Papel: Pólen 80g